Chiheisen no Sendan
HOSONO HARUOMI
HOSHINO GEN
BUNGEI SHUNJU

Bungei SHUNJU

地平線の相談

CHIHEISEN NO SOUDAN

細野晴臣 星野源

まえがき

星野源

　埼玉県狭山市で行われたハイドパーク・ミュージック・フェスティバルの楽屋で細野晴臣さんと初めてお会いしたのが、今から10年前。普段サインにあまり興味のない自分が、いそいそと本棚から細野さんの名著『地平線の階段』を取り出し、鞄に入れ、高田漣さんにお願いして紹介していただき、「サインください」と心からサインをねだった初めての人だ。

　その2年後、『bounce』というタワーレコード発行のフリーマガジンの企画で、細野さんと初めての対談。気合いが入った私は、ポマードぺっとりの横分けにし、ヒゲをマジックで顔に直接書き、高校生の時から大好きなアルバム『泰安洋行』のジャケットに写っている細野さんの格好のコスプレ（実際の『泰安洋行』のジャケットは、写真の上からヒゲを描いている）をして会いに行った。この本の表紙と同じ格好である。

　初めての対談を終え、「コスプレやりすぎたか」と少し後悔していたある日、当時『TV Bros.』の編集者だった落合由希氏から連絡があった。

「細野さんと対談連載やりませんか？」

「やります」

　その間0.1秒。打ち合わせでは、

「星野さんが細野さんに悩み相談をする感じにしたいんです」

「そうしましょう」

「つきましてはタイトルを考えてください」

「考えます」

この会話の秒数を合計しても10秒にも満たない俊敏な会話だった。

家に帰って、ふと本棚にあるサイン付きの『地平線の階段』を手に取った。タイトルは『地平線の相談』以外ないだろう。そう思った。

当時、細野さんは音楽のお話があまり好きではないと伺ったので、なるべく音楽の話はしないこと、なるべくくだらない話をすること、ファン的なミーハーな立場ではなく、対等に向き合う努力をすること、そんな勝手な心得を自分で設定した。

「対談をまとめるライターさんに希望はありますか？」

と訊かれたので、川勝正幸さんと下井草秀さんにお願いした。まさか川勝さんとあんな形でさよならしなきゃいけなくなるとは思っていなかったけれど、その後、自分もその彼岸の側まで行くことになった。

川勝さんとも交流の深い、ディレクターであり、細野さんの元マネージャーでもある東榮一氏は言った。

「手術中、川勝くんに何回も祈ったよ、星野くん追い返してくれって」

自分に記憶はないが、きっとあのモコモコした手で「早い早い」とやさしく追い返してくれたんだろうと思う。

この8年、いろんなことがあった。細野さんに誘っていただき、歌をちゃんと歌うようになり、自分の人生は変わった。ここで話していることの大半はゆるくて、くだらないことで、そんな大層な言葉は少ないかもしれない。だけど、自分にとっては宝物のような、一生大事な会話たちです。

この本を川勝さんと、これまでいろいろあった人に捧げる。彼は「このゆるい内容で捧げられても困る」と笑うかもしれないけれど、きっとこの表紙のデザインをみたら、「やるな」とニッコリ笑ってくれるに違いない。


この本は時系列ではなく、『TV Bros.』での連載で掲載されたエピソードがランダムに並べられています。読みやすく構成してくれた下井草秀さん、編集の馬場智子さん。自分の「泰安洋行で！」というわがままにほぼ手書きのデザインで応えてくれた大原大次郎さん。協力してくださった『泰安洋行』のデザイナー、ヤギヤスオさん。写真を撮りおろす為に参加してくれた写真家の磯部昭子さん、スタイリスト中兼英朗さん、メイクの迫田徹さん。連載担当編集の落合由希さん、山本ヒロユキさん、土館弘英さん。すべての関係者に感謝します。

そして何より、自分のような若輩者にも同じ目線で、常に真摯に応え続けてくれた細野晴臣さんに、永遠の感謝を。

もくじ

日々

かけ算を教えてほしーの！

星野　先生、あの、「かけ算を教えてほしーの」！
細野　ヤだな（笑）。僕も、得意じゃないよ。インド人じゃないし。
星野　この間、なんとなく九九をやってみたら、**七と八の段の後半があやしかったんです**。
細野　ホント？　九九はできるよ。
星野　じゃあ、紙に書いて……と思ったら、筆算のやり方まで忘れてました（笑）。
細野　僕は覚えてるよ、なんとなく。
星野　中・高と、わりと自由な学校に行ってたんで、全然勉強してなかったんですよ。だから、**気分は小卒**なんです。
細野　イイねえ、初々しくて（笑）。ところで、本当に、僕に「かけ算を教えてほしーの」？

星野　はい。先生はすごく知的なイメージがあるじゃないですか。
細野　そうかなあ。でも、算数は苦手だよ。
星野　実はこの間、お客さんから「星野さんの詞は、ここに書いてあることと全く一緒です」って、哲学書をプレゼントされたんです。だけど、どこが一緒なのかわからなくて。ひょっとしたら知的に見えてるのかなと思いました。
細野　誰の哲学書だったの？
星野　いや、覚えてません（笑）。とにかく、知的なイメージはちょっと……。
細野　ツライよね。
星野　あ、じゃあ先生、「知的なイメージを失くす方法も教えてほしーの」。
細野　頭のいい友だちを見ていると、時々、バカなことをやるしかないみたいなんだよね。**ウンチのついたパンツでテレビに出たり**とか。
星野　ああ！『ダウンタウンのごっつええ感じ』（フジテレビ系列）のアホアホマンですね、ＹＭＯ再生のときの。リアルタイムで見てました。
細野　そうそう。でも、僕はあそこまでしなくてもいいんじゃないかと思ってさ。頭がいいと思われてるんなら、それでいいじゃん。イメージを演じちゃえばいいんじゃない？

星野　なるほど……。
細野　うん。僕らはそういう立場だから、エンターテイナーでしょう？
星野　はい。あっ。「はい」っていうか（笑）。あの方は、本当に頭がいいじゃないですか。俺は本当に悪いんですよ。
細野　いや、知的っていうのは計算ができないとか、関係ないよ。だから、逆に知的なんじゃないの？「知的」が漏れ出ちゃうんでしょ？
星野　で、出てるみたいなんですよ。
細野　**醸し出すんなら、しょうがない**（笑）。
星野　じゃあ、無理に自分を卑下せず……。
細野　そのままでいいと思うよ。他人は勝手にいろんなことを思うからね。それにいちいち付き合ってると、たいへんなことになるから。
星野　気にしなければいいんですね。
細野　うん。ただ、計算はちゃんと出来たほうがいいよ（笑）。僕が苦手なのは、植木算。
星野　植木算……⁉
細野　知らない？　植木の本数を求めたりする計算でさ。直線状で植えるか、環状で植えるかで、木が1本増えたり減ったりする。

星野　初めて聞きました。……木が1本増えたりというのは？

細野　たとえば、年齢には「数え」と「満」があるでしょう。最近わかったんだけど（笑）。

星野　すいません、俺は未だにわかってないです。

細野　自分が生まれた年を勘定に入れるのか、翌年から数えるのかっていうだけだよ。それを、数学では植木算って言うんだよね。

星野　へえー。0歳を1歳と数えるとか。

細野　そう。ミレニアムって大騒ぎがあったでしょ。あれもお祭りを2000年にするか、2001年にするか、派閥があったんだよ。

星野　先生は、どっち派でしたか？

細野　キリがいい2000年派だね。

星野　そんなもんですよね。

細野　そうそう。心情的なことだよ。2001年って言うと、宇宙の旅を思い出すよね。

星野　あの映画は未だにどうやって撮ってるのか、わからないです。

細野　あれは頭[*1]のいい人が撮ったの。でも、男子っていうのは、宇宙とか好きじゃない？

星野　宇宙やＵＦＯの話は好きですね。『ニュートン』のアインシュタイン特集を買って。

細野　あー、僕も買った。

星野　全然わからないけど「フムフム」とか言いながら読んでます。

細野　ほとんどの方程式は読み飛ばしてもいいんだよ。でも、アインシュタインの相対性理論（$E=mc^2$）だけは、重要。方程式界のポップスみたいなもんだから。

星野　どういう式なんですか？　それは。

細野　う〜んとねー（笑）。イメージだけが好きなんだよね。意味はわからなくていい。

星野　はい（笑）。アインシュタインの有名な写真があるじゃないですか、ベロ出してるやつ。

細野　あれもそうだよ、僕も真似した。

星野　知的な人ほど、ああいうもんですか？

細野 アインシュタインなんて、物理学をやってなかったら、**ただの変なオジさん**でしょう。

星野 やっぱり、すごいものを生み出すのはそういう人なんだ。勉強になりました。

（2007年9月1日号）

＊1 頭のいい人……映画『2001年宇宙の旅』（68年）の監督、スタンリー・キューブリックは「IQ200の天才」だったとの説がある。

どうしたら何種類もの鍵を見分けられる？

星野　すごくどうでもいい相談なんですが、聞いてもいいですか？
細野　遠慮しないでよ（笑）。
星野　俺、自分の家の鍵と仕事場の鍵と実家の鍵、全部まとめてチェーンに付けてるんです。だから、ドアを開けるとき、必ずといっていいほど、どれがどの鍵だったかわからなくなっちゃうんです。
細野　ところで星野くん、楽譜は書くの？
星野　なんで急に話が変わるんですか？
細野　まあ、いいからいいから。
星野　……ほとんど書けないです。『楽典』[*1]を読みながら時間かけて書くんだったらなんとか……。
細野　僕も、昔は一生懸命努力してオタマジャクシを書き連ねたりしたもんだけど、もうやめたんだ。

星野　それはまたどうして？

細野　記譜っていうのはさ、そもそも左脳が司る論理的な行為なんだよ。ところが、音楽を作るという作業は、芸術的行為を司る右脳の領域なの。

星野　正反対の行為だってことですね。

細野　クラシックの音楽家みたいに、設計通りに音楽を構築していく必要のある人たちにとっては楽譜が役立つ。でも、**僕らの作る種類の音楽には、設計図はいらないんだ**。つまり、クラシックの人たちが設計士だとすれば、我々は絵描きということだね。

星野　確かに。じゃあ、俺も楽譜を読み書きできなくていいんですね。

細野　いいと思うよ。ただ、時々は必要になることもあるんだよね。

星野　ありますよね。

細野　僕にはさ、スタジオミュージシャンとしての仕事が多かった時期があるんだ。電話一本で呼ばれて現場に駆け付けるわけだけど、僕はいつも遅刻気味だった。いざスタジオに着くと、そこにはズラーッと並んだオーケストラが、「ベースが来ない」って言いながらイライラして待ってるわけ（笑）。

星野　冷や汗ものですね（笑）。

細野　僕のために用意されたパイプ椅子に座ると、その前に置かれた譜面台には、すべてオタマジャクシで書かれた五線譜が載っている。着くなり、アレンジャーが「入ります」って言って本番を始めるんだけど、すぐには楽譜を理解できないから、もうドキドキしちゃうんだよね。

星野　初見ですもんね。

細野　五線譜を目で追って、1、2、3、4……これはドだな、とかやっとわかる。ところが、いざ弾き始めるとすぐに思うんだ。なんて簡単な曲なんだろうと。もう、適当に弾けちゃうわけ（笑）。

星野　あまり心配する必要はないんだ。

細野　そう。ちなみにそのレコーディングは、**野口五郎さんの歌謡曲**だったよ（笑）。

星野　ところで、今までの話、鍵に関する悩みとなんの関係があるんですか？

細野　鍵の判別は、楽譜を書くのと同じく左脳の仕事なんだ。だから、右脳が大事なミュージシャンにとって、鍵を取り違えるなんてのは取るに足らない些細な悩みってこと。安心しなさいよ。

星野　なるほど！　安心します！　でも、鍵の見分けがつかないと実際困るわけで……。

細野　今はね、**キーの頭にかぶせる色付きカバー**がいろいろ売られてるんだ。それを使うと簡単に見分けがつくよ。

星野　今すぐ、カバーを買いに行こうと思います！（笑）

細野　ついでに言うと、最近はピッキングの被害も多いから、もっといろいろな形の鍵を持ったほうがいいんだけどね。

星野　今回も勉強になりました。

（2007年9月15日号）

＊1　楽典……楽譜の読み書きに関する基礎的な規則を教える学科目、またはその教科書のこと。

クーラーが垂らす水から家財を守るには？

星野　先生、今回は珍しくミュージシャンらしい相談です。
細野　いいねえ、受けて立つよ。
星野　今年の夏は猛暑でしたよね。暑いからってクーラーをつけっぱなしにしていたら湿気でおかしくなったみたいで。やがて結露して水滴が垂れてくるんですが、困ったことに、クーラーの真下は作業机があって、一度クーラーを切り忘れて外出したときなんかは、その下にあるパソコンやインターフェイスがビチャビチャに濡れていたんです。これ、どうしたらいいでしょうか？
細野　困った相談だなあ。もう秋だし、しばらくクーラーは使わないでしょ。来年の夏までに引っ越せばいいよ（笑）。
星野　いや、去年引っ越してきたばかりだし、そういうわけにもいかないいんですよ。

細野　実は、僕も漏水には悩まされた経験があるんだ。ある豪雨の夜中にうちの地下スタジオで仕事をしてたら、雨が漏って、パソコンの上に落ちてきた。とりあえずはバケツを3、4個並べて対処しながら、電話で業者さんを呼んで原因を調べてもらった。そうしたら、最初の工事の段階にミスがあったことがわかったんだよね。

星野　それはたいへんでしたね。

細野　それ以来、僕のスタジオにはビニールシートが必需品になった。留守にするときは、パソコンの上にかけておくんだ。

星野　そうすればいいのか……。

細野　人間って、緊急事態のことをあんまり考えないじゃない？　でも、**この世は危機に満ちているん**だから、常に気をつけなきゃいけない。

星野　はい。確かにそうですね。

細野　僕は、エレベーターを降りて部屋の玄関まで行く間、誰かに待ち伏せされてないか気をつけることがある。いつもじゃなくて、それは時々なんだけどさ。

星野　あ、ちょっとわかります。刑事モノみたいにですよね。たまにやります。

細野　そう、自分を叱咤するようにね。でも、普段から危機を意識するのはなかなか難しい。
星野　とりあえず、ビニールシートを買うところから始めようと思います。
細野　バケツも忘れずにね。
星野　物だらけの部屋がますます狭くなりそうですね。……実は、最近**マリンバを買っちゃった**んです。
細野　えっ、そりゃたいへんだよ！（笑）
星野　高校生のときからの、10年越しの思いを叶えました。ずっと欲しかったんです。
細野　あれ、驚くほど大きいでしょ？　いずれテーブル代わりに使うことになるよ。
星野　ええ、こないだは、マリンバの上でそばを食べました（笑）。
細野　そういうとき、ビニールシートが役立つんだよ。鍵盤に敷けばいいじゃない。
星野　まさに必需品なんですね！　だけど、根本的な解決策として、お金が貯まったら引っ越したいなあ（笑）。

細野　僕は、**ゴミが溜まったら引っ越す**んだ。移動民族は、自分の生活の場にゴミが溜まったら、それを置いて違う場所に移る。争いごとに関しても同様で、彼らは、部族同士のケンカが起きそうになると、どちらかが引っ越すことでそれを回避してきた。

星野　それって片付けたくないだけなんじゃ……。

細野　昔は土地を所有するという観念がなかったから。ところが、農業が始まってから事情が変わってしまった。そして利権争いが始まり、現代に至るというわけだ。

星野　クーラーについての悩みが、妙に深い話へとたどり着きましたね……。

（２００７年10月13日号）

大したことじゃないのに、すぐ謝っちゃうんです。

星野　細野さんでも、これまで謝ったことってあるんですか？

細野　**女の人にはしょっちゅう謝ってる**よ。なにもしないうちから、挨拶代わりにね（笑）。先に謝ったほうがいいんだよ、長年の経験から言うと。

星野　細野さんが謝ってる図って、なかなか想像できないですね……。

細野　でも僕の謝罪は、（初代・林家三平師匠の物真似で）「どーも、スイマセン」だから。あまり信用されない（笑）。星野くんはどうなの？

星野　俺もよく謝ります。

細野　でしょ。そういうタイプだよ。

星野　すぐ謝ります（笑）。電車とかで、隣に座った人のカバンに、偶然触れただけなのに、先に「スイマセン」って言っちゃったり。

細野　**それは江戸前だね。**

星野　江戸前なんですか？
細野　〝うかつ謝り〟と言ってね、江戸っ子は足を踏まれたほうも「自分もぼんやりしてて、うかつでした」って謝っちゃうんだよ。僕もどっちかっていうと江戸前かもしれない。
星野　そう考えていくと、この謝り方は悪い感じがしないですね。
細野　スムーズにいくよね。足を踏んだほうも、踏まれたほうから謝られたら、面白い気持ちになるから（笑）。
星野　なるほど（笑）。面白い気持ちになるって、いいですよね。でも、よく国際派みたいな人たちが「日本人は謝りすぎだ！」みたいなことを言うじゃないですか。
細野　うん。でも、絶対謝らない人もいるよ。どちらかと言うと、昔の男の人に多い。僕のお父さんは謝らなかった。特に子どもにはね。
星野　うちの親父も、今は違うんですけど、昔は全然謝らなかったですね。でも、いわゆる**〝怖い親父〟を演じてたんじゃないかな**って、だんだんわかってきたんです。子育てのために仕方なく、怖い風に見せてたんじゃないかって（笑）。

細野　それも疲れるだろうね。怒るネタがなくなると、困っちゃうんだよ。僕はおばあちゃん子でね、熱出したときにおばあちゃんちで寝てたの。おばあちゃんが写真を撮るって言うから、フザけて足の指で鉛筆を挟んでポーズを取って写ったんだ。あとで、その写真を見て、お父さんが「おばあちゃんに失礼なことを！」って怒ったわけ。子ども心に「ピントずれてないかなあ」って（笑）。

星野　そういうのありますよね（笑）。中高になると、みんなタバコを吸ったり、酒を飲んだり、バイクに乗ったりするじゃないですか。俺は全然やらなかったんで、両親が「なんで反抗しないんだ！」と（笑）。

細野　逆に心配になっちゃったんだ。

星野　**反抗が内にこもるタイプ**だったんですよ。

細野　そのほうが怖いからね。

星野　両親は、たぶん、反抗でもいいからわかりやすく発散してほしかったんですね。でも、うちの母親がパーッと明るく発散するタイプだったんで、それで救われてたと思うんです。

細野　母親が明るいといいね。あとの家族は暗くて済むから。

星野　あとは暗くて済むのは、いいですよね（笑）。俺、小さい頃の楽しい思い出が一つもないって思い込んでた時期があったんですよ。小学校の頃ちょっといじめられたりしてたから。4、5年前に本当にそうだったか突き止めてみようと思って、昔住んでた所を訪ねてみたら、「ああ、そうだ。家の中が楽しかったんだ」と思い出したんです。それでちょっと楽になりました。

細野 幼児体験って、ゆくゆく影響するからね。今の若い人の問題も根っこはそこにあるから。でも、いい家庭環境で育つなんて奇跡的だよ。

星野 親父はジャズピアニストを、母親はジャズボーカリストを目指していたそうです。

細野 すごい。音楽一家なんだねえ。

星野 でも、ふたりとももう全然やってないんです（笑）。俺が生まれたんで、諦めたんだと思うんですよ。ほんとはもっと自由に生きたかったんじゃないかなあ。

細野 負い目を感じてるのかな、自分のせいだと。

星野 ちょっと感じています。

細野 謙虚だねえ。そりゃ、江戸前で謝っちゃうよねえ（笑）。

星野 あ、話が戻った（笑）。謝りますよねー。

細野　僕は昔、娘と大事な話のときに待ち合わせると、必ず遅れたのね。でも、そのときはたまたま早く着いて、娘があまりに遅れて来たから、「だらしないぞ！」って怒ったんだ。そしたらすかさず、「自分だって」と言い返された（笑）。「でも、**人を怒るときは自分を棚に上げないとできない**」って、言ったの。誰だってそうだよ。キリストも「罪がない人はいない」って（笑）。

星野　怒らなきゃならないときは自分を棚に上げて怒れ、と。

細野　でも、**怒る前に謝ったほうがいい**。「どーも、スイマセン」って。それを林家三平師匠から学んだ。笑いが必要なの、謝るときは。

（2007年12月22日号）

数字の秘めた不思議な魔力を探ってみたら……。

細野　この前、BS[*1]のテレビ番組でホスト役を務めたんだ。
星野　どんな番組なんですか？
細野　ドラマなんだけど、本篇が始まる前に、僕が登場してなにかしら説明をするの。つまり僕は、『ヒッチコック劇場』のヒッチコック監督とか、『世にも奇妙な物語』（フジテレビ系列）のタモリさんみたいな役割ってこと。
星野　とっても似合いますね。
細野　困ったことに、その台詞が結構長いんだよ。だから、スタッフの女の子が目の前にいて、カンペを見せてくれるんだ（笑）。
星野　いいですね（笑）。
細野　それを見ながらしゃべってたわけなんだけど、そのとき、カンペを持つ女の子の着てたTシャツがどうも気になってね。

星野　どんなTシャツだったんですか？

細野　**胸の部分に「666」って書いてある**んだ。これ、悪魔のサインじゃない？

星野　『オーメン』（76年）にも出てきますよね。

細野　そう、なんでこんなの着てるんだろうと思ってさ。その彼女にも「666だね」って言ってみたんだけど、本人はその意味を全然わかってないみたいだった。

星野　単にファッションだったんですね。

細野　その収録を終えて、僕は自分の車を運転して帰ったわけ。車中でいつものようにタバコをくわえたはいいものの、ライターが見つからない。しょうがないなと思って備え付けのシガーライターを押したんだ。けど、調子が悪くてね。しばらく押しっぱなしにしないとダメなの。やっと火が付いたなと思って抜いた途端、手が滑って、真っ赤に熱したシガーライターが僕のお尻の下に落っこちちゃった。

星野　えっ、走ってる途中ですか？　それは慌てるなあ！

細野　シートを焦がしちゃいけないと思って、手で探ったの。そしたら、シガーライターの赤い先端に親指がくっついて、皮膚が焼ける臭いがした。これが、**焼肉みたいな臭い**なんだ（笑）。

星野　ええー！　大丈夫だったんですか？

細野　煙まで出てたな。そのまま急いで事務所に帰って、水と氷で冷やしましたよ。

星野　さっきの「666」のTシャツは、なにかのサインだったんですかね。

細野　実は、「666」に関してはもうひとつエピソードがあるんだ。こないだ、ロンドンで和食の店に行ったときのこと。店内は禁煙だから、同席した日本人女性と一緒に外に出て一服したの。その店の壁に落書きがあってさ、その彼女が、あらなにかしらって触っちゃった。よーく見ると、逆さ十字の周りに「666」と書いてあったんだ。彼女は今、どうしてるかなあ……。

星野　怖い怖い。「666」はもともとどういうルーツを持つサインなんですか？

細野　新約聖書の「ヨハネの黙示録」において、この世の終わりに登場する獣に押されていた刻印が「666」なんだよ。

星野　なるほど。

細野　そういや、M・ナイト・シャマラン監督の『ハプニング』(08年)を観に行った映画館の駐車場でも、「666」ナンバーの車を見かけたよ。

星野　不吉だなあ。ちなみに、僕にとっては「222」がラッキーナンバーなんです。

細野　なにか由来があるの?

星野　ええ。僕のおばあさんが亡くなった日が2月22日なんですが、なんだかその人が守ってくれている感じがしてて。

細野　たとえば?

星野　中学受験に合格したときの受験番号が「222」だったりとか。やっぱり数字にはなにかの意味があるように思えますね。

細野　うん。数字は魔術的だよね。

(2008年11月8日号)

＊1　BSのテレビ番組……『えいせい魂』(BSジャパン)の1コーナー、10ミニッツミニドラマバラエティ「イケない足し算A＋B」。

洗面台をびしゃびしゃにしない方法は？

星野　洗面台をびしゃびしゃにしてしまうんですよ。
細野　久しぶりにいい相談が来たな（笑）。
星野　結構気を遣ってるんですけども、顔を洗うときとか。友だちの家に泊まりに行ったときも、気を遣ってるはずなのにびしゃびしゃで。「みんなは、こんなにびしゃびしゃになんないのかなあ？」って、拭きながら思ったりして。なんでなっちゃうんでしょうね。
細野　それ、僕もなるよ。しかも、洗面台だけじゃない。なんか食べるときも、必ずコボしちゃう。服がドロドロ（笑）。
星野　ミートソースのパスタとか、気を遣ってても、ピッと飛んじゃいますよね。
細野　飛ぶね。なんでだろう？

星野　あれ、絶対、**ミートソースのほうが飛んでる**んですよ。
細野　ミートソース自身が飛ぶんだ。それなら仕方ない（笑）。
星野　あと、虫とかにも好かれちゃうんですよ。「嫌だ」と思ってると寄って来る。
細野　それ、あるある。最近覚えたよ、**蚊に喰われない方法**。
星野　それ、ぜひ聞きたいです。
細野　「嫌だ」って思うと、蚊が「嫌だ」って気を感知するんだよ。人間から、なにかフェロモンが出るのかもね。だから、「嫌だ」って思わないようにしてんの。確かに、「蚊がいても、気にしないよー」みたいな感じでいると、喰われない。
星野　難しそうですね、気持ちのコントロールが……。
細野　まあ、遊びだと思って、面白がりながら練習すればいいんだよ。
星野　遊ぶ気持ちって大事ですよね。
細野　この方法ってローリング・サンダーっていうネイティブ・アメリカンの人の教えなんだよ。だから、古くからの智恵なんだ。
星野　あ、その人の本（『ローリング・サンダー[*1]　メディスン・パワーの探求』）持ってます。

細野　その本にも出てるよ、たぶん。ところで、最近、蜂に追われたことある？

星野　あります。でも、あんまり「ワ〜ッ」と逃げないようにしてます。

細野　「ワ〜ッ」と騒ぐと、余計来るような気がするよね（笑）。

星野　だから、素知らぬ顔をします。

細野　そうすると、大丈夫だったでしょ。

星野　大丈夫でした。蜂も「ワ〜ッ」と逃げられると追いかけたくなりますもんね。

細野　自分自身も同じだもん。**逃げられると追いかけたくなる**。男女の関係もそうじゃん（笑）。そんなに好きでもないのに、逃げられるとさ。それは**雄の習性だからしょうがない**。中には、それを意図的にやる女性がいるから困っちゃう。「逃げた魚は大きい」と思ってしまうのが、人間の性（さが）だよね。

星野　そしたら、これまで出た法則から言うと、洗面台をびしゃびしゃにしなくて済むためには、「**びしゃびしゃにしないように**」**って思わなきゃいい**んですよね。

細野　そうそう。ちなみに、僕は全然気にしないよ、びしゃびしゃになっても。

星野　気にしないのが一番なんですかね。そういえば、食器洗うときも、お腹をキッチンに付けてると、濡れますよね。

細野　うんうん。濡れる濡れる。

星野　自分で気づいていないうちに重心をお腹に持って来て、楽（らく）してるんですよ。

細野　洗面台で顔を洗うのも、キッチンで洗い物するのも腰にすごく悪いから、自然と楽な姿勢を取る。人間ってよく出来てる。

（2009年5月2日号）

＊1『ローリング・サンダー　メディスン・パワーの探求』……著者／ダグ・ボイド、翻訳／北山耕平・谷山大樹、1991年、平河出版社刊。

僕ら音楽家の世界とはちょっと違う、芸能界のしきたりとは？

星野　最近、好きなお笑い番組はなにかありますか？
細野　僕はボーッと観ているからタイトルは知らないんだけど、ネプチューンとくりぃむしちゅーがやっている番組……。
星野　『しゃべくり007』（日本テレビ系列）？
細野　そう、それ！
星野　あれ、面白いですよね。
細野　うん。ネプチューンってあんなに面白いんだ、と再発見したよ。
星野　あの番組、繰り返しの笑いが魅力ですよね。
細野　定番のネタが出るかな？　と思っていると、やっぱり出してくる（笑）。あれがないと寂しい。これこそ、笑いの王道だね。
星野　しかも、ゲストの方が、トークの展開を知らされずに出ているみたいで、結構勢いがありますよね。

細野　それで、ビックリしちゃうんだよ。だから、たまにゲストが真剣に怒ったりするじゃない？　しかも、ホリケン（堀内健）さんって人がまた面白い。**なんだか危ない感じ**が（笑）。

星野　ホリケンさんと、前に飲んだことがあって。

細野　ホント⁉

星野　以前、舞台で共演した人がホリケンさんと仲よしで、ホリケンさんが観にいらっしゃった日に、その流れで一緒に打ち上げに行ったんです。そうしたら、本当にあのまんまなんですよ。

細野　あのまんまなんだろうね。

星野　お酒飲んでもまんまで、ずーっとくだらないことをおっしゃってて。でも、帰ろうってなったときに、僕がタクシーに乗ろうとしたら、その日が初対面だったのに、**「ハイッ」って1万円渡されたん**ですよ。

細野　へぇー。すごいね！

星野　で、「いいから、いいから。じゃ～ね！」って、カッコイイ！

細野　カッコイイ！　のか。ホリケンさんって人、訳わかんない（笑）。

星野　たぶん、俺のことをすごい貧乏だと思ったのでは（笑）。
細野　芸人の世界だねぇ。僕らの世界だと、そういう習慣がないからさ。芸能界には、時々、戸惑うときがあるよ。飯倉の「キャンティ」というレストランへよく行ってた時期があって、あそこは芸能人がいっぱいいるの。ＹＭＯの頃ね、近くのテーブルに郷ひろみさんが座ってて、彼のほうからバンッと立ち上がって、バーっとこっちに来て、僕らに**90度のお辞儀**をするわけ。「すごい、これが芸能界か！」
星野　すごい、きっちりされてるんですね。
細野　同じ頃、『徹子の部屋』（テレビ朝日系列）にＹＭＯのひとりとして呼ばれたんだ。出演してまもなく、「キャンティ」の向こうの席に黒柳徹子さんが居て。でも、こっちは深刻な話をしていたから席を外せないわけ。郷さんのことが頭にあったんで（笑）、90度のお辞儀をしようかしまいか迷っているうちに時間が経って、黒柳さんがどっか行っちゃった。それがね、ずっと頭にこびりついていたんだ。
星野　ああ……。
細野　で、その頃、オノ・ヨーコさんにも色々なことを頼まれたんだけど、当時は体力がなくて全部断っちゃった。だから、僕は**不義理の代表みたいなミュージシャン**（笑）。ところが、去年（２００９年）、ヨーコさんの来日のときはひょんなことからベースを弾くことになって。運命的に決着をつけることが出来たという。しかも、東京国際フォーラムの公演終わりに、友だちと帝国ホテルでご飯食べていたの。そしたら、そこにね、黒柳徹子さんが居た（笑）。出来すぎな話なんだよなあ。

星野　え〜！（笑）　すごい話ですね。

（２０１０年3月20日号）

やめられないとまらない。いま「目の前にある食べ物」問題。

星野　今回は、「目の前にある食べ物」という問題について相談したいんですけど。

細野　お、いいねぇ！

星野　自分の家にある買い置きのお菓子とか、他の人が食べ残すスパゲティとか、気になってしょうがないんです。

細野　というと？

星野　あればあるだけ、たとえ冷蔵庫にあっても食べちゃうんですよ。

細野　あー、わかるなぁ。

星野　なんか、作業中とかに……。

細野　食べちゃうよね。

星野　食べちゃう。原稿とか書いてると、意識がどこか違うところに集中しているじゃないですか。そのときって、とにかくなんかこう、手を動かしたくなって……。
細野　あるある。
星野　その手を動かした先にお菓子があったりすると、もう味とか関係なくて……。
細野　自動的にね。
星野　そう。**自動的に食べちゃう**んです。
細野　そういうときって、脳と体が分かれているんだよね。
星野　そうなんですか？
細野　脳は作業に集中していて、体が暇になっちゃうから、なんかしたくなるんだよ。
星野　なるほど。だから食べないようにしたいんです。そういうときに食べると、決まって気持ちが悪くなったりするじゃないですか、胸焼けしてしまって。
細野　ずっと食べ続けると、太るしね。
星野　不本意なんです（笑）。自分でやめればいいんですけど、なかなか……。
細野　まあ、僕も、**作業中はテーブルの上にお菓子類を山積みにする**んだよね

（笑）。
星野　そうですよね！
細野　大体そう。で、**甘いもの食べるとしょっぱいもの食べたくなる**から、両方置いておかないといけない（笑）。
星野　ほんと、そうなんですよ（笑）。
細野　星野くんは、お煎餅好き？
星野　好きです。
細野　僕も好きなんだよ。まあ、ほんとにおいしいお煎餅はあんまりないけどね。
星野　こないだ鎌倉行ったとき、とある店で買ったマヨネーズ煎餅とか明太子煎餅とか食べたんですけど、おいしかったですよ。
細野　そうなんだ。
星野　邪道だとは思いつつも、おいしかった（笑）。でも、おいしい揚げせんとか食べると、それだけでいいやって思いますよね。
細野　確かにね。僕は、ひとつのお菓子にこだわってそれだけを食べるという時期がしょっちゅうあるんだ。さきいかとか、南京豆とか、ずっと食べ続けちゃう。

星野　最近食べ続けてるものはなんですか？

細野　コンビニ行くと、ピンポン玉ぐらいの丸いお煎餅があるんだよ。中身は空っぽでね。

星野　へえ。

細野　つまり、空気食べてるようなもんだから、たとえば、**とんかつの衣だけを食べているような快感**があるわけ。

星野　快感（笑）。

細野　サクサクの食感がいいんだよ。

星野　確かに、お気に入りを見つけると繰り返しちゃいます。

細野　それも、同じコンビニの中だけでもお気に入りができてしまう。

星野　しかも、さっき細野さんがおっしゃったように、甘いものを買うときは、次に食べるしょっぱいものも買っておかなくちゃいけないと、連鎖的に考えるじゃないですか。

細野　そうなんだよ。なんというか、お気に入りの食べ物は〝依存症〟に近いと思うんだ。だって、やめられないじゃん？

星野　やめられないですね（笑）。

（２０１０年10月16日号）

揚げ物とドーパミンの関係とは。
——我々は油に支配されている⁉

細野　前回の続きでね、「やめられない」っていうと、僕の場合、ハンバーグとチャーハンがあれば、ほとんど困らないから。

星野　確かに（笑）。困らないといえば困らないですね、その2つがあれば。

細野　なんでずーっと食べてるのに飽きないんだろう？　あと、ラーメンと天ぷらそばかな（笑）。**野菜は、要らない**から。

星野　わかります。

細野　そういう意味では、食べ物もドラッグのようなものだよね。たとえば、揚げ物を食べるじゃない？

星野　はい。

細野　揚げたてのね。

星野　あー、いいですね。

細野　そうするとさ、脳にコない？　**ピーンって快感**が。
星野　キます、キます。
細野　だから、ドーパミンが出るんだよ。
星野　中華とか、完全にドーパミンが出るっていいますよね。油って……。
細野　うん。油がドーパミンを出すんだよ。
星野　実は、おいしいと思ってるものって、油がおいしいと思わせてるんですかね。
細野　そう。**油に支配されているんだよ、我々は**（笑）。
星野　「我々は」（笑）。
細野　というか、極端にベジな生活に行くとね、ドーパミンが出なくなりがちだから、違う病気になっちゃうみたいなんだよ。
星野　ああー。
細野　ドーパミンが不足してなってしまう病気って、結構多いんだよ。
星野　へー。
細野　たぶんね。おいしいものを食べたときって、「んん〜」とか声が出るでしょ。

星野　「うめぇ〜」とか。
細野　**声が出ないとダメ、食い物は**（笑）。
星野　確かにそうですね、声が大事。
細野　声が出るほどおいしいもんを食べてりゃ、多少毒でもいいんじゃないかな？　医学的な根拠はないけど（笑）。でも、本当においしいと声が出ないって説もある。名古屋のすごくおいしいひつまぶし屋さんに行ったら、満席なのにシーンとしてんの。
星野　黙々と食べてるんですね。
細野　そう。店の人が「静かでしょ。あまりにもおいしいからみんな声が出ない」って言うんだ。そういうケースもある。
星野　あと、映画やテレビドラマのシーンで、アメリカ人がお気に入りのテレビを観るときにフライドチキンやポテトを……。
細野　抱え込んでね。
星野　抱え込んで、コーラとか置いて。なんかそういうのが好きで。
細野　いいよね。
星野　でも、**どう考えても肥満への道**じゃないですか。それってせめぎ合いですよね。

細野　ホント。でも、今までそうやって来たわりに、星野くんは肥満じゃないよね。

星野　だから、太ったらキャベツダイエットを始めるんです（笑）。

細野　僕はダイエットを間に入れないから太ったまんま（笑）。

星野　でも、一時、ウォーキングをなさって、すごくお痩せになりましたよね。

細野　うん。一時、激ヤセしたんだけど。なんかそぐわなくて（笑）。

星野　でも、なんか今のほうが健康そうでいいですよね。

細野　そう。痩せてた頃は、なんか元気なかったんだよね。階段はポンポン上がることが出来たんだけどね。

星野　でも顔色がいいです。

細野　だから、摂りすぎはよくないけど、揚げ物のドーパミンは必要だと思うんだ。

（２０１０年10月30日号）

冷蔵はやがて冷凍へ。日常生活に潜む冷たい罠って⁉

細野　食べ物の話を続けるけど、星野くんの冷蔵庫って、なにが入ってるの？
星野　結構たくさん入れておくタイプなんです。
細野　すぐ満杯になっちゃうってこと？
星野　ほしいときにほしいものがないことを考えると、不安になるんですよ。たとえば、炭酸がすごく好きなんで、コーラとか、炭酸飲料はとにかくたくさん詰めておく。
細野　そうすると安心するわけだ。
星野　ええ。あとは食材ですね。**意外と料理は好き**なんです。
細野　じゃあ、小まめに冷蔵庫に出し入れしてるんだね。だったら健全かもな。
星野　健全？
細野　僕の場合は、入れたら最後、なにを入れたか忘れちゃうから（笑）。気づけば、冷蔵庫に数年前の食材が入ってたりするんだよ。

星野　昔に買った食材、入ってたりしますよね。

細野　だから、**冷蔵庫は遺跡みたいになっちゃう**。僕の場合はね（笑）。

星野　賞味期限をとっくに超えた食品でも、まあ、冷えているから……。

細野　腐らない（笑）。

星野　うっかりするとすぐに期限が切れることが多いのが、パスタソースとかの瓶モノですよね。でも、瓶詰めって捨てるのがちょっと面倒くさいじゃないですか。

細野　確かに。瓶は資源ゴミだから、そのまま捨てるわけにはいかない。まず中身を出さなきゃならないもんね。

星野　まあ、飲み物ならばそのまま流しちゃえばいいんでしょうけど、瓶詰めの食品、特にパスタソースみたいな場合は、具が入ってたりするから、流しに捨てると排水口に詰まっちゃったりするんですよ。

細野　そういうの、流しには捨てられないよ。

星野　そう。それが面倒くさいから、**中身を捨てずに蓋を閉めちゃう**。

細野　ずっと閉めちゃう（笑）。

星野　そのまましまっておく（笑）。

細野　冷蔵庫が保管場所だよね。

星野　保管場所（笑）。細野さんの冷蔵庫には、なにが入ってるんですか？

細野　もう、いろんなものが入ってるよ。自分でも忘れちゃったような、「なんだこれ？」っていうような物も。

星野　忘れた頃に冷蔵庫の奥に見つけたとしても、**冷えているからまあいいか**と（笑）。だったら、後で出して捨てようって。

細野　そう。冷蔵庫から冷凍庫に入れ替えて、このまま凍らせてしまえば……とか考えるんだけど、結局そのままになってしまう。……毎日そういうことで悩むんだけどね。

星野　わかります、すごくわかります。

細野　ゴミを出す日って地域によって決められているけれど、夏の暑い盛りには、収集日以前にゴミがにおい出すじゃない？

星野　困りますよね。

細野　だから、「あと3日間もあるのか」と思って、**冷凍庫に入れちゃった**（笑）。

星野　入れちゃったんですか（笑）。

細野　でも、そのまんま忘れちゃうんだよ。
星野　うんうん（笑）。
細野　しばらく後になってから発見して、「こりゃなんだ？」って（笑）。
星野　驚きますよね。
細野　そして、それがゴミだった過去を忘れてるから、**食えそうな感じもある**（笑）。
星野　凍っちゃうとわからないですもんね。
細野　わからないわからない。
星野　それは、自分が自分にトラップを仕掛けているということになりますね。
細野　そういうこと（笑）。だから、毎日の生活はたいへんなんだよ。

（２０１０年11月13日号）

タクシーの運転手さんに、すごく気を遣ってしまうんですよ問題。

星野　タクシーって、あんまりお乗りにならないですよね？　運転されますし。
細野　そうだね、めったに乗らないかも。
星野　タクシーの運転手さんに、すごく気を遣ってしまうんですよ。
細野　わかる、わかる。
星野　しかも、**疲れているときに限って、元気な人に当たる**ことが多いんです……。
細野　すごく話しかけてくるんだ。
星野　個人タクシーの運転手さんって面白い人が多いんですけど、この間、めちゃくちゃ忙しい時期でぐったりしていたときに、ダメージ加工したストーンウォッシュのGジャンに、バンダナを巻いている……。
細野　う〜ん（笑）。

星野　**浜田省吾さん系の運転手さん**がいて、高井戸辺りにあるリハーサル・スタジオの住所を伝えたら、「元コルグ[*1]だったところだろ？」って、話が早かったんですね。
細野　うんうん。
星野　そしたら、走行中に「俺は、ホントはドラマーなんだよ」と。そこから話が始まって、「ナントカって、知ってるか？」って言われたんですよ。全然わからないミュージシャンの名前だったんで、正直に「知らないです」って答えたら、「なんで知らないんだ、お前は」みたいな雰囲気になって。
細野　ほお〜。
星野　「日本で5本の指に入るギタリストで、その人の教則本が何年何月にリットーミュージックから出ていて、その何ページ目に載っている写真の後ろの**テンガロンハットのイイ男が、オレ**なんだ」と。
細野　ハハハ。
星野　もう体力的に限界な1日だったんですけど、面白いからがんばって対応しようとしたものの、「あ〜」とか「ハ〜」とかしか言えなくて。でも、最後には「たいへんでしょう、今の音楽業界は」って励まされたりして。タクシーを降りた後に、手まで振ってくれて（笑）。すごく楽しかったんです。この場合は、イイ思い出になったとも言えるんですけど、たまに仕事のことでイライラしているときに限って、ぶっきらぼうな運転手さんに当たったり……。

細野　あ〜。

星野　あと、タクシーでiPod聴いてると、運転手さんが道のことでしゃべりかけてきても気がつけないじゃないですか。だから音楽に集中しながらも、運転手さんの口元を見続けてないといけないという（笑）。

細野　神経使うよね。

星野　すごい神経を使ってしまうんですよ。お金、いっぱい払っているのに（笑）。

細野　わかるよ（笑）。

星野　一体どうすればいいのか……。

細野　僕も気が重い、タクシーに乗るのは。

星野　そうですよね。難しいですよね。また、細野さんの場合は、わかられちゃうことが多いんじゃないですか？

細野　うん。しかも、車中では知らないふりをしていたのに、降りるときになったら急に「細野さんですか」って言われるとさ。

星野　「ポッキーのCM[*2]、見ました！」って言われながら、お釣りを渡されたりしたら、すごく嫌ですよね。

細野　嫌だ、嫌だ（笑）。そう言えば、地方へ行って、地理を知らないから、駅から「ホテルまで」って頼んだら、距離が近かったんだね。乗ったら、ブツブツ言い出して。だったら、乗るときに言ってくれれば、お互い、嫌な気分にならずに済んだのに。

星野　あ～。偉そうな態度はしたくないんですけど、お金払っているのに運転手さんに媚びるみたいなのもなんだかなあって感じですよね。

細野　人生は、なにかと難しいもんだよ。

（2010年11月27日号）

＊1 コルグ……電子楽器の開発、製造、販売などを行う会社。旧本社があった高井戸に直営のスタジオ「G-ROKS」を開いた。

＊2 ポッキーのCM……江崎グリコの『ポッキーチョコレート』のCMにYMOが出演。「RYDEEN（ライディーン）」にのせて、赤いスーツに身を包んだ3人がポッキーをかじる姿が印象的。

ミュージシャンは年賀状を出さなくてもいい⁉

星野　今日は年賀状の相談です。2年ぐらい前から全然書いていないんですよ。どんどん忙しくなっちゃって。
細野　返事も書いていない、と。
星野　3年ぐらい前までは空いた時間にちょこちょこっと書いて……でも、もう暑中見舞いになってしまったりして（笑）。
細野　そうなんだ（笑）。
星野　それ以来、出せてないんです。
細野　僕も個人では出していないね。事務所に来る方には、事務所が出しているから。
星野　それ、いいですね。
細野　しかも、**旧暦でやっているからね、ウチは。**

星野　あ、2月ぐらいなんですね。
細野　毎年、前後するんだけど。だって、正月に届くためには、クリスマス頃までに投函しないとダメなんでしょ？
星野　そうみたいですね。
細野　暮れの忙しい時期に正月気分にはなれないでしょ。嘘は書きたくないじゃん。「明けまして〜」なんて、明けてないのに。だから、周りの人には正月になってからメールで「おめでとう」って送るね、最近は。
星野　あー、そういうのもいいですね。
細野　ただ、親戚の方から来る場合は返事しなくちゃって、思うんだけど。
星野　確かに。
細野　でも、遅れちゃう（笑）。
星野　日常にまみれていると、「あ〜、もう秋だ。10カ月も経った」って。
細野　えっ。そんなに経っちゃうの？
星野　そんなことの繰り返しで、いつも気が重くなるんです。
細野　年賀状に限らず、色々とね、儀礼ってのは面倒くさいものなんだよ。
星野　どうしたらいいんですかね？　事務所で作るのがいいんですかね？

細野　それがいいと思うよ（笑）。
星野　でも、自宅にいただくものは……。
細野　それは誰から来るの？
星野　役者さんの知り合いとか……。
細野　手書き？
星野　パソコンでプリントしたものに、手書きで一筆添えてある感じです。役者さんって皆さん律儀な方が多くて、毎年送ってくださるんですけれども。
細野　ミュージシャンは律儀じゃない人が多いから（笑）、そういうときは……。
星野　「**俺はミュージシャンだから**」って、思ってしまえばいいんだ（笑）。
細野　たとえば、憧れている人から、葉書とか手紙とか届いたらどうするの？
星野　以前、大好きな映画監督の方から、僕の本を読んだ感想のお手紙をいただいたんですけれども、落ち着いてからちゃんと返事しようと思ってたら、忙しくて、全然書けないままで……。
細野　それはね、どうなんだろうねえ（笑）。
星野　その人が大事であればあるほど、気軽に出せなくなりません？
細野　だったら、電話すれば？（笑）

星野　それが、電話番号がわからないんですよ。住所はわかるんですけど。
細野　うむ。年賀状の話に戻すと、不謹慎だけど、「喪中につき」って出しておけば？
星野　でも、「喪中につき」って、みんなが年賀状を投函する前に出すもんですよね。
細野　確かに。クリスマス・カードはどうしているの？
星野　クリスマス・カード！　来たことないです。
細野　20年くらい前かな。ヴァン・ダイク・パークス[*1]から、何年か届いたの。
星野　それは素敵ですね。
細野　でも、返事をしないままにしていたら、次に会ったときに「**ホソノは僕のことが嫌いなんだね**」って言われちゃった（笑）。

（2011年1月8日号）

＊1ヴァン・ダイク・パークス……1943年米国ミシシッピ州生まれ。作曲家、編曲家、音楽プロデューサー。1972年にはっぴいえんどがロスで3枚目のアルバム『HAPPY END』のレコーディングを行った際、「さよならアメリカ さよならニッポン」を共作。細野とはライブでも共演している。

相談、はひとまず措いておいて、あの日あったことを……。

星野　今日は相談がまったく思いつかなくて……。細野さんは、3月11日の震災のとき、どこにいらっしゃったんですか？

細野　白金の自然教育園の入口前の広場にいたんだよ。ＮＨＫ教育で放送される番組のロケの最中で、（原田）知世ちゃんと一緒だった。カメラが回って、いざ園内に入ろうとしたら、うわーっと揺れ出して。この世の終わりみたいな気持ちになった。周りを見たら、目黒通りにいっぱい建っている細長いビルが折れちゃうんじゃないかと思ったね。そして、携帯で地震情報のアプリを見たら、**ものすごい震度を示す怖い画面**が出てきた。

星野　ロケはどうなったんですか？

細野　みんな、ああいうときはぼーっとするんだね。思考停止。とにかくそのまま撮影を続けるわけはなくって、ひとまず解散したんだ。星野くんはあのとき、どこにいたの？

星野　「くだらないの中に」のCDのプロモーションで札幌にいて、あの時間は、AIR-G'というFM局にいたんです。控室で生出演を待っているときに、ふと、壁にかかっているカレンダーを見たら、大きく揺れてて、「あれっ？」と思って。

細野　何階だったの？

星野　14階だったんです。で、「地震だ！」って廊下に出たら、壁がミシミシミシって。これは本当にヤバいかもしれないと……。

細野　札幌もそんなに揺れたんだ。

星野　最上階だからより揺れが激しかったんだと思います。もう出演はないかな……と思っていたら、「星野さん、よろしくお願いします！」って。

細野　続行したんだ。

星野　始まっちゃったんです。まだ震災の規模がわかっていないタイミングで、同じブースに、パーソナリティの人とは別に、緊急地震速報を読む役割の人が座ってるんです。そしたら、スタジオの机にはテレビも置いてあって、「この曲は、お風呂から上がってすぐに裸で作曲しました」とか言ってる横で、テレビからどんどん被災地の情報が明らかになって。

細野　なるほど。

星野　呆然としてしまって。曲紹介のときに「**これを聴いて少しでも落ち着いてもらえれば**」ということしか言えず……。

細野　すごいときにラジオに出てたんだ。

星野　でも真摯に話しかけてくれたＤＪさんや、放送に踏み切ってくれた局の方にはすごく感謝しています。

細野　無事、帰ってこれたの？

星野　次の日に飛行機で帰ってこれました。

細野　よかったね。

星野　はい。毎週水曜深夜にラジオ（J-WAVE『ラジペディア』[*1]）をやらせてもらってるんですが、震災の翌週は、前々日ぐらいまでオンエアがあるかどうかわからなくて。でも、すごくラジオが好きだから、絶対にやりたいと思っていたんです。

細野　生放送でしょ。絶対やったほうがいい。

星野　やらせてもらえたんです。その日は自分でテーマを考えることになって。それで思い出したのが、震災当日の母親との会話だったんです。慌てて母親に電話して、「大丈夫？」って聞いたら、「大丈夫だけど、**あんた確定申告はやったの？**」って（笑）。

細野　こんなときに（笑）。

星野　笑っちゃったんですよ。それですごく冷静になれた。

細野　それは確かに落ち着くね。

星野　そういうこともあって、「苦しいときに笑えたこと」をテーマにメッセージを募集したら、ものすごい反響で。同じテーマを2週続けたんです。リスナーからの力のあるメッセージに笑うことができたし、逆に自分がすごく元気づけられたんです。

（2011年4月16日号）

＊1『ラジペディア』……J-WAVEで月～木曜に放送されていたラジオ番組。「現代社会にあふれる正解の無い疑問をリスナーとアーティストが一緒に考える」がテーマの番組で、星野は2011年1月5日～2012年3月28日は水曜日、2012年4月2日～2013年6月17日は月曜日、2014年2月27日～は毎月最終日のナビゲーターを担当。2014年9月30日に終了した。

無理をしてでも言ってみたい、粋なジョークに憧れていて。

星野　東日本大震災ではいろいろなエピソードが生まれましたが、なかでも僕は、江頭2：50さんが被災地に救援物資を届けたときの話が大好きなんです。

細野　彼、偉いよね。

星野　聞いたお話なので正確ではないかもしれませんが、江頭さんから物資を受け取った被災者の方が、こんなことを日記に書いたそうなんです。――地震が起こった2時46分で私たちの時計は止まっていた。でも、彼が来てから4分進んだ。

細野　2時50分になったわけだ。

星野　なんて粋なコメントなんだろうって。

細野　すごい。

星野　たいへんな状況なのに**ジョークを言えるバイタリティ**がかっこいいと思

いました。

細野　被災地の人たちに、逆に元気づけられる気がするね。もちろん現地には、弱っている人もたくさんいるんだろうけど。

星野　ジョークといえば、米軍のヘリが被災地に着陸した話も最高でした。これも又聞きなので、話半分で聞いてくださいね。

細野　どんな話なの？

星野　無許可で被災地に救援物資を空輸するのは違法らしいんですね。

細野　つまんない話だよね。

星野　それで、なかなか許可を出さない日本政府に業を煮やした米軍は、制止を無視して無理矢理、行動に出たんだそうです。

細野　ほう。

星野　大地震で磁場が狂って、操縦不能でたまたま不時着したのが避難所だったのさ！　って（笑）。

細野　アメリカンジョークだね。

星野　つまんない縛りも、**ユーモアひとつで回避できる**んだなって。

細野　それは大事だよ。

星野　被災地の子どもたちが芸人さんの物真似しているのをテレビで見たときも、すごく癒されました。ギャグの力だなって。

細野　すごくいいね。インディ・ジョーンズみたいなもんだ。

星野　そうそう。『ダイ・ハード』のブルース・ウィリスとか、一番つらいときにジョークを言うようなすごさがある。しびれますね。

細野　そういうジョーク、無理してでも言ってみたいよね（笑）。

星野　これは、自分がやっているラジオに来たメールなんですが、今ツイッターで流行っているのが、余震が来たら〝**おっぱい**〟**ってつぶやく**ことらしいです。おっぱいが揺れたっていう意味。

細野　なるほど。

星野　ふざけているというよりか、そうすることで自分たちを鼓舞している感じですよね。くだらないけど、前向きだなあと感心します。

細野　面白いね。

星野　別のメールで、「募金活動を始めた知り合いから送られてきたメール」というのがあって。2通立て続けに届いたから、最初に2通目を開いたんだそうです。そしたら、「すいません。さっきのカツ丼っていうのは活動でした！」

と書いてあって、なんだろうと思って1通目を見ると、**「一緒に募金カツ丼をしましょう」**と書かれてたとい
う（笑）。
細野　勢い余ったんだね（笑）。
星野　今、携帯メールって、予測変換の機能がある
じゃないですか？
細野　予測変換でそうなるってことは……。
星野　カツ丼食べたかったんじゃないですかね（笑）。
細野　そういうことか。
星野　そんなメール来たら、募金していない人も、
しようかなって思っちゃう気がするんですね。同じ
募金でも、しかめっ面の募金より、笑顔の募金のほ
うがいいですもんね。

（2011年4月30日号）

とある漫画のご報告から、最近読んでいる漫画まで。

星野　今日は、ひとつ細野さんに報告があるんです。（バッグから一冊のコミックを取りだして）この、大沖（だいおき）さんって作家の『はるみねーしょん』（芳文社）という漫画、ご存知ですか？

細野　（手に取って）なにこれ？

星野　主人公は、宇宙人の女子高生なんです。可愛い感じの漫画ですよね。

細野　うん。可愛いね。

星野　この宇宙人、名前が〝**細野はるみ**〟っていうんですよ。

細野　〝お〟が抜けてるな（笑）。

星野　これ、女子高生3人が中心となる話なんですけど、残りのふたりは地球人で、名前が、〝高橋ユキ〟と〝坂本香樹（かじゅ）〟なんです！

細野　へえ、ＹＭＯが好きなんだね。

星野　これを読んで、やっぱり、**細野さんは共通認識として宇宙人なんだなって**（笑）。
細野　作者は何歳ぐらいの人なんだろう？
星野　恐らく、僕と同年代ぐらいじゃないですかね。
細野　面白いね。今度買おう（笑）。
星野　あらゐけいいちさんの『日常』（KADOKAWA）っていう作品もオススメです。『はるみねーしょん』と同じく女子高生の日常を描いたギャグ漫画なんですけど、かなりぶっ飛んでます。
細野　そうなんだ。
星野　細野さんは、最近注目している漫画はありますか？
細野　花沢健吾の『アイアムアヒーロー』（小学館）が面白いね。
星野　読んでます！　大好きです。
細野　こないだ、あの漫画を読んでいたら、若い女の子がiPodを聴いているシーンがあったんだよ。
星野　はい。
細野　その子たちのやり取りの中で、彼女になにを聴いてるのか尋ねると、くるりだって答える。「他には何を聴くの？」って聞くと、「**私ははっぴいえんどとか聴いてるんだ**」と言うんだよね。そんなのを見てびっくりしたね。

星野　『アイアムアヒーロー』、どこまで読みました？

細野　単行本になっている分は全部読んだ。……怖くって（笑）。

星野　2巻から展開がガラっと変わりますよね。まさか○○○が出てくるとは。

細野　○○○がまた、怖い感じなんだよ。星野くんは、どんな場面が印象的だった？

星野　タクシーで逃げるときのカップルと乗り合わせる場面です。カップルの関係がギクシャクしてて、ケンカしながらだんだん○○○に変化していく。カップルの男のほうが、葉加瀬太郎さんそっくりなんですよね（笑）。

細野　葉加瀬太郎さん（笑）。はいはい、確かにそんなシーンがあったね。

星野　ネタバレになるのであまり話せませんが、そのカップルの「キスのくだり」には本当に感心しました。世界観の説明であると共に、怖いギャグになっている。

細野　あの漫画、吹き出しの中の文字が怖いんだよね。ぐにゃぐにゃして。あれは漫画ならではだよね。映画では表現できない。

星野　今、『GINZA』（マガジンハウス）という雑誌でエッセイ[*1]を書いてるんですが、花沢さんに挿絵を描いてもらっているんです。

細野　いいねえ。

星野　好きだったから、うれしいです。

細野　震災後しばらく、ああいったテーマを描いた漫画は精神的に読めない状況が続いたんだけど、こないだ、やっと読み始めることができるようになった。

星野　うんうん。

細野　最近では、パニック映画も観始めたよ。『スカイライン―征服―』（10年）とか、『SUPER 8／スーパーエイト』（11年）とかね。どっちも予告編がよかったな（笑）。

（2011年9月3日号）

＊1 エッセイ……「銀座鉄道の夜」と題した連載に書きおろしを加え、単行本『蘇える変態』として2014年にマガジンハウスより刊行。

極度の気の弱さを克服し、初めての店に入ってみたい！

細野　星野くんは、広尾のおいしいお煎餅屋さんを知ってる？　僕は、毎週わざわざ買いに行くぐらい好きになっちゃったんだけど。

星野　行ってみたいです！

細野　「山田屋」っていうの。

星野　どんな店なんですか？

細野　木造の古い店で、奥が茶の間になっている。そこで、おじいさん、おばあさん、そしてそして息子さんらしき人がいつも談笑してるんだ。

星野　いい風景ですね。

細野　でも、「すいません！」と呼びかけてもなかなか気づかない。しょうがないからずっと立ってると、そのうち気づいて店まで出て来てくれる。

星野　息子さんは？

細野　あんまりお煎餅に気が乗らないのかな。だって、店に出てこないんだもん。だから、僕は今、あの店の行く末を真剣に心配してる。
星野　真剣に（笑）。
細野　いっそのこと、**僕が後継ぎになってもいい**なって。
星野　ええ！
細野　いろいろな店のお煎餅を食べてきたけど、あの店のはどこよりもおいしいから。無くなっちゃったらほんとに困るんだよ。
星野　昔からお気に入りなんですか？
細野　いや、いつも通る道にあるのに、つい最近その存在を知ったの。近くにある三味線屋のことも知らなかった。あの界隈には、意外と古い店がたくさん残ってるんだよね。
星野　なかなか趣がありますね。
細野　すぐ近所にある「東京フロインドリーブ」っていうパン屋さんは大学の頃から足繁く通ってるんだけど、「山田屋」にはまったく気づかなかったなあ。
星野　そういう風になぜか見落としてるものっていっぱいありますよね。
細野　うん。最近、僕はできるだけ歩くようにしてるから、発見が多くなったね。

星野　そういえば、細野さんに相談したかったことがあって。雰囲気がいい初見の店にひとりで入りたくなることがよくあるんですが、度胸が足りず、いつも店の前をうろうろするだけで終わっちゃうんですよ。

細野　あまりにも気が弱いね（笑）。

星野　最近、歌詞やエッセイを書く場所を探して、**深夜の街を徘徊してるんで**すけど。

細野　怪しいなあ（笑）。

星野　そんなとき、「ここよさそう！」って思ったカフェバーみたいなところを見つけたんです。ただ、中をのぞくと、カップルか女の人のふたり組しかいない。ひとり客は全然いないから、どうしようと躊躇（ちゅうちょ）しちゃって……。

細野　結局入れないわけだ。

星野　細野さんって、そのお煎餅屋さんのときみたいに、初めての場合でもどんどん店に入って行けちゃうわけですか？

細野　お煎餅屋さんとバーは意味が違うよ（笑）。バーの場合、簡単には入れない。お酒が飲めないからね。

星野　そうか（笑）。
細野　それに僕は、パッと見て好きにならなかった店には入らないことにしてるんだ。
星野　一瞬の判断を信じるわけですね。
細野　そう。最近は、そもそも名前にバーという字が付いていたらもう入らない。
星野　基準が明確ですね（笑）。
細野　カフェと書いてあっても、外から酒瓶が並んでるのが見えたら入らない。
星野　じゃあ、昼間はカフェだから入れても、夜、バーになったら入らないんですか？
細野　うん、昼と夜の営業形態が変わる店にも入らない。そういう**二面性のあるよこしまな店には入りたくないね**（笑）。
星野　よこしまな店（笑）。
細野　ひたむきな店が好きだからさ。

（2013年2月16日号）

お気に入りレストランの後継者問題を勝手に心配してます。

細野　昨日、ずっと行きたかった店に初めて行けて、大満足してるところなんだ。

星野　なんていうお店ですか？

細野　日本橋の室町にある「大勝軒」っていう老舗の中華料理屋さん。

星野　それって、つけ麺で有名な「大勝軒」とは違うんですか？

細野　あっちとは全然関係ない。室町の「大勝軒」は、喫茶店みたいな、ほんわかしたたたずまいでね。すごくいい店だった。

星野　気になりますね。場所は？

細野　「むろまち小路」っていう路地の出口。それが、日本橋の真ん中とは思えないほどいい路地なの。鰹節屋や佃煮屋なんかがあって、「利久庵」という有名な店をはじめ、そば屋も2、3軒いいところがある。

星野　渋いですね。
細野　今まで、なんでここに来なかったんだろう？　そう思ったぐらい。ただ、その「大勝軒」も、前回紹介した広尾の「山田屋」と同じようなケースで、おいしいと思うほど、その味がなくなってしまう不安にかられる。将来が心配でね……。
星野　お煎餅屋さん同様、細野さんが後を継がなくちゃならないですね（笑）。
細野　そうなんだよ。東京には、**僕が継がなきゃいけない店がいっぱいある**（笑）。
星野　細野さんは、西荻窪にある「坂本屋」っていう食堂を知ってますか？
細野　いや、知らないなあ。
星野　そこのカツ丼が、ほんとにおいしいんですよ。うちの親父の友だちが、埼玉県からわざわざ足を運ぶぐらい好きで。
細野　西荻のどこにあるの？
星野　北口を出てすぐのところにあるんですけど、そこ、一時シャッターが閉まったままの時期があったんですよ。だから跡取り問題みたいなのがあったのかな？　って。

細野　どこも一緒だね。

星野　すごく心配したんですよ。でも、しばらく経ったら再開してて。その後行ったら、以前は厨房にいたおじいちゃんが、水を出す係に変わってました。

細野　ある店に通い出すと、裏の事情までわかってくる（笑）。それがいたたまれなくなって、足が遠のいちゃうこともあるよね。

星野　ああ、知りすぎちゃって（笑）。

細野　そういや、最近、代々木上原の「ジーテン」という中華に連れて行ってもらったんだけど、一口食べて、「あれっ?」と思った。

星野　どうしたんですか？

細野　これ、20年前によく行ってた代官山の「リンカ」っていう店を思い出すなあって、一緒に行った人と話してたわけ。

星野　不思議ですね。

細野　そしたら僕らのテーブルにシェフがやって来て、「お久しぶりです」って話しかけてくる。顔を見たら、「リンカ」にいたシェフだったの。「**体が覚えてるんですね**」とか、エッチなこと言われて。

星野　あははは！　その台詞をエッチなことだって思う細野さんが素敵です

（笑）。

細野　僕は、人に付かずに店に付くタイプでさ、猫と同じで場所に付くわけ。だから、シェフの彼が店を移ったと聞いてもその後を追いかけることはなかった。

星野　確かに、お気に入りの店でも、場所が移ると行かなくなることが多いですね。

細野　僕とは逆に、人に付くタイプもいる。

星野　うちは昔、八百屋だったんですが、おじいちゃんが亡くなってから、お客さんが減ったんですよね。そのとき、お店というのは厳しいものだと痛感しました。

細野　……それを聞いて、中華料理屋や煎餅屋を継ぐ決意がちょっと揺らいだよ（笑）。

（２０１３年３月２日号）

からだ

下戸のためのストレス発散法を教えてほしーの！

星野　**お酒が体質的に全然ダメ**なんです、たぶん遺伝で。修業しようとしたけど、すぐ吐いちゃう。先生も飲めないんですよね。

細野　飲めないよ。

星野　お酒を飲める人は、飲んだらストレスが発散できて、スッキリするでしょう。

細野　そうらしいね。

星野　先生はどうやって発散してらっしゃるのか、ぜひ教えてほしいんです。

細野　**発散しないほうが素晴らしい！**

星野　発散しないほうがいい⁉

細野　星野くんもそうだと思うけど、僕が尊敬する植木等さんも関根勤さんもお酒が飲めないの。ストレスを溜め込んで、笑いとしてブワ〜ッと出す。だから、我々のような職業の人は発散しちゃダメ。もったいない。

星野 ああ、なるほど。確かに好きだなあって思う喜劇人や音楽家って、大体お酒が飲めないいんですよ。

細野 それがね、心強いことなの。下戸としてはね。若山富三郎さんも飲めないでしょ。それから、北島三郎さん。たぶん、丹波哲郎さんも。豪快な人ほど飲めない。

星野 えー！ あの、♪祭りだ 祭りだ 祭りだ〜って歌いあげているサブちゃんも！

細野 そう。誰が飲めないかが大事なんだよ（笑）。この間、ブータンかな、山岳の少数民族の女性が東京に来てて、「毎日がお祭りなの？」って、びっくりしてたんだ。「自分たちはお祭りのときしかお酒を飲まないのに」と。日本人も昔はそうだったの。毎日飲んでいるほうがおかしいんだよ。

星野 確かに。あの、時々、下戸だったのに、飲めるようになる人もいますよね。

細野 さんまさんも、ダウンタウンも昔は飲めなかったはず。多数派に負けちゃったんだな（笑）。

星野　負けですか（笑）。でも、飲めるようになると、うれしいんじゃないですか。

細野　アルコールって体に入るとアセトアルデヒドってある種の毒になるんだけど、それを分解する酵素には種類があるんだ、酒が強い、弱い、飲めないの3タイプね。僕らは下戸遺伝子を持ってるの。ネイティブ・アメリカンもそう。それが僕にとっての大きな救いっていうか。彼らは、お酒を飲む習慣はないんだけど、タバコを吸い始めた人たちなんだよ。今のアメリカの過激な禁煙運動は、深層心理的に見れば、自分たちがネイティブ・アメリカンの土地を騙し取った疾しさの隠蔽工作じゃないか、って僕は睨んでいるんだけど。

星野　おおっ。都市伝説ならぬ、**スケールの大きい国家伝説**ですね。

細野　ドボルザークは音楽院の院長としてアメリカに滞在していたときに、「新世界より」を作曲したんだけど、「アメリカのスピリットは、ネイティブ・ア

メリカンが持ってる」って喝破したの。たとえば、英語の「ＯＫ」って彼らが元々使っていた言葉が語源なんだよ。

星野　おかげさまで、下戸に誇りが持てました。でも、飲みの席は好きなんですよ。だから「飲めないんです」って言い続けてると、打ち上げ以外は誘われなくなるじゃないですか。それがちょっと寂しいと言えば寂しいんです。

細野　僕は寂しくないな。ヨーロッパのカフェ文化のほうに憧れるから。

星野　たまに、飲み会の流れで朝方にコーヒー飲みに行く機会があると、雰囲気がいいし、面白い話が聞けてうれしいんですよ。

細野　**やっぱりコーヒー&シガレット**だよ。

星野　その話、今度、じっくり聞かせてください。

（２００７年11月24日号）

コーヒーの味に目覚めた僕へのアドバイスを！

星野　前回は、ふたりとも下戸同士という話でしたね。実をいうとついこないだまで、もうひとつ苦手な飲み物があったんです。
細野　それは一体なに？
星野　コーヒーなんですけど……。
細野　『去年ルノアールで』[*1]の主演俳優なのに、**コーヒーを飲めなかったんだ！**（笑）
星野　恥ずかしながら（笑）。あのドラマで自分が演じたのは、来る日も来る日も「喫茶店ルノアール」でコーヒーを飲んでいるという役柄だったんですね。撮影のため、やむをえずそこのコーヒーを飲み続けていたら、すごくおいしく感じてきて……。
細野　味わいに目覚めたんだ。でも、あそこのコーヒーってそんなにおいしい？

星野　店ごとの違いを語る段階にはまだ達していないんですけど（笑）。砂糖もすごく入れるし。でも、疲れているときにコーヒーの香りがするとなにかいいなあと思えるようになりました。

細野　大きな進歩だよ。

星野　家系的にいうと、両親ともコーヒーは飲めるんです。その点が不思議で。

細野　遺伝しなかったわけだ。

星野　うちの親はコーヒーとジャズが大好きなんですが、趣味が高じてついに最近ジャズ喫茶を開いてしまったんですよ。

細野　いいじゃない。僕も、学生の頃はジャズ喫茶に足繁く通っていたよ。

星野　そうなんですか。

細野　そこでコーヒーのおいしさを覚えたんだ。タバコもそう。みんな、コーヒーとタバコを味わいながら、深刻な顔してジャズを聴いていた。あの雰囲気が好きで、ひとりひっそりと通ってたんだ。

星野　昔、親父に連れられてよくジャズ喫茶に行っていたんです。でも、スピーカーから大音量の音楽が流れていて、お客さんも一言も言葉を発しないから、親子なのになんの話もできなかったです（笑）。

細野　僕がジャズ喫茶に通っていた頃、コーヒーじゃなくてお酒を出すジャズバーも出現し始めたんだ。新宿には「ＤＩＧ」というジャズ喫茶があったんだけど、その当時、同じ新宿に姉妹店の「ＤＵＧ」というジャズバーが開店したんだ。

星野　名前は聞いたことがあります。

細野　その「ＤＵＧ」にも僕は通い始めたんだ。飲めないのに、カッコつけてバーボンなんか頼んじゃってさ。しかも、ストレートで、シングルじゃなくて、ダブル。

星野　ずいぶん無理しましたね（笑）。

細野　そういうのに憧れてたからね。だけど、**飲むたんびに頭が痛くなっちゃって。**

星野　下戸なんだから当たり前ですよ（笑）。

細野　それで自分が飲めない体質だということにやっと気づいたんだよ。

星野　ずいぶん時間がかかりましたね。

細野　でも、やっぱり寂しいからさ、30代の頃は夜な夜な六本木あたりのバーに顔を出したりもしたんだよ（笑）。そういう場所に行けば、必ず知り合いがいる。そうすればなんとなく気が紛れるじゃん。

星野　はい、気持ちはわかります。

細野　でも最近は、カフェにしか行かないんだ。カフェでコーヒーを飲みながら話すと面白い話ばっかり出てくるんだよ。

星野　俺もそういう知り合いを作らないとな……。

細野　ところがバーと違って、カフェに行ってもあまり知り合いには会わない（笑）。

星野　先生は、日頃どんなカフェに足を運んでいるんですか？

細野　パリにあるようないいカフェは東京にはたった2軒しかない。

星野　教えてください！

（2007年12月8日号）

＊1　『去年ルノアールで』……せきしろのコラム『去年ルノアールで』（06年、マガジンハウス刊）を原作としたテレビドラマ。2007年、テレビ東京系列で放送。

目が冴えて眠れない夜は、どうすればいい？

細野　最近の僕は、ずっと体がナチュラルに気持ちいいの。
星野　どんな気分なんですか？
細野　なんというか、足がリラックスして、地面から浮いてるような感覚。毎日そんな状態が続いていて、実は死んでるんじゃないかとも思うんだけど（笑）。
星野　ははは。
細野　でも、よく考えると、この状態って、不安なときに感じるそれと同じなんだ。
星野　確かに、そういうときには思わず足がすくみますもんね。
細野　**快感も不安も、どっちも足からくる**。つまり全く同じ感覚なんだよ。元の症状は同じで、本人の受け止め方が違うだけなの。
星野　なるほど。

細野　だから、不意にポロッとスイッチが切り替わったら、たいへんなことになるよね。まあ、今の自分は幸い安定しているんで、ずうっと気持ちがいいままなんだ。
星野　うらやましいです。
細野　去年（２００７年）60歳を迎えた僕だけど、こんな日々は生まれて初めて。年を取ると、素敵なプレゼントがもらえるんだなと思った。
星野　還暦も悪くないですね。
細野　まあ、単にアドレナリンが出ない体になっただけなのかもしれないけど（笑）。
星野　アドレナリンといえば、夜寝てるとき、無闇に興奮することがあるんですよ。これが昼だったらちょうどいいのにと心から思うんですけどね（笑）。
細野　そんなときは寝なければいいのに。
星野　最近は寝るのをやめてなにかするようにしてるんですが、前はがんばって無理矢理寝ようとしてたんです。それが余計に苦しいということに後で気づいたんですけど。
細野　僕ね、この20年というもの、眠ろうと決意して眠ったことが一度もないんだよ。

星野　自然に眠くならないかぎり寝ないわけですね。

細野　そう。眠るという現象って、つまりは気絶じゃない？

星野　ああ、そうですね。

細野　**全人類が毎日、8時間近く気絶している**っていうのは面白い現象だよね。

そう考えれば、無理に眠る必要はないわけだよ。

星野　でも、芝居やドラマの仕事をしてる僕は、朝が早いんですよ。早く眠らなきゃという強迫観念も生まれてくるんです。

細野　そうか。僕はさ、朝の仕事を入れないことに決めてるんだ。仕事場に行くのは、いつも夕方4時（笑）。

星野　うらやましいなあ（笑）。

細野　そもそも、決められた時間に「はい」って寝るのはおかしいよ。僕は、いざパジャマなんか着ると目が覚めちゃうんだ。

星野　逆効果なんですね（笑）。

細野　だからパジャマは一着も持ってない。いつも普段着のまんまソファーで寝る。

星野　よく熟睡できますね。
細野　昔の人はもっとすごいよ。ナバホ族の先祖とされるアメリカ先住民に、アナサジという謎の民族がいる。彼らは、1日15分の睡眠で事足りたといわれているんだ。
星野　短い！
細野　しかも、横になることなく、野外の岩や土手に寄っかかって寝てたという。
星野　それはまさに気絶ですね。
細野　外敵に囲まれていた彼らと違って、現代人には危機感がないから安穏と寝ていられる。ご飯にしたってさ、たとえば2時間もかけてダラダラ食べるなんて僕は信じられない。それこそ15分でいいよ。
星野　あれ、先生の目がずいぶん眠そうなんですが……（笑）。
細野　じゃあ、僕は気絶するよ（笑）。

（2008年1月19日号）

ベッド・シーンを演じる前に、先生に聞きたいこと。

星野　今度、映画に出るんですけど……**実はベッド・シーンがありまして。**

細野　ラブ・シーン？

星野　そうなんです。それで、ダイエットしなきゃなと思って。ポコッてちょっとお腹が出てるんです。邪魔したくないじゃないですか、映画を観る人の気持ちを。いいダイエット法があったら、先生にお聞きしたいなあと思って（笑）。

細野　もし僕が役者で、ベッド・シーンについて人に相談するときは、「どういう気持ちでやればできますか？」って聞くよ。自分が痩せてるか太ってるかよりも（笑）。

星野　そうですよね（笑）。

細野　そこらへんは平気なんだね。

星野　いや、この間の『週刊真木よう子』（テレビ東京系列）というドラマで、初めて、ベッド・シーンがあったんです。あのときは「どういう気持ちでいたらいいんだろう？」と悩みました。
細野　一般人としてみたら、いいなあと思うじゃん。女優さんとなんて（笑）。
星野　でも、女優さんに失礼があっちゃいけないから本当に気を遣うし、緊張もするし。だからまったく楽しめないですよ（笑）。
細野　今度の映画のは、激しいの？
星野　台本を読む限り、割とリアルなんです。
細野　それは勇気いるわー。
星野　いりますよ。そういえば、先生は、何本か映画に出てらっしゃいますよね？
細野　『パラダイスビュー』（85年）に出たときも向いてないと思った。『居酒屋兆治』（83年）に出たときは函館の居酒屋の常連で、公務員の役だったの。店は加藤登紀子さんと高倉健さんがやってて。伊丹十三さんが酔っ払って入ってきて、くだを巻くという。
星野　すごい店です（笑）。
細野　僕が伊丹さんにキレると、後ろから高倉さんが僕を押さえて、「まあまあ、ここはひとつ」って。それだけのシーンなんだけど、「もう二度とやらない」と思った（笑）。**自分のミュージシャンとしての精神が破壊されるん**だよ。かなぐり捨てないとできないから。だから、星野くんはすごいなあと思うんだ、両方使い分けてるわけでしょう。

星野　確かに演技してるときに、音楽の心がバーッと破壊されるのを感じます。

細野　修行だ。

星野　修行ですね。でも、役者が音楽にいい影響を与えるかもしれないと思い始めてから、スイッチを切り替えられるようになって。そこからどっちも楽しくなりました。

細野　今まで他にそういうタイプはいなかったよね。最近、ボブ・ディランはよく出てるけど（笑）。

星野　最近よく聞かれるんです。役者やってるときと音楽やってるときと、どう違うの？　って。全然違うんですけど、ただ映画でも音楽でも、**自分が楽しくなれるときって、自分がなくなるとき**なんですよ。なにも考えていないのに、台詞がどんどん出てくるとか。音楽も同じで、空っぽの状態がいいんです。

細野　それはわかるな。その気持ちよさは。

星野　音楽は自分を表現していくもので、役者は別の人になる仕事だけど、結果は同じ「自我が消える」ってことだと気づいてからは、どちらも面白いと思えるようになりました。

細野　星野くんって、歌詞は覚えないくせに、台詞は覚えられるんだ（笑）。

星野　覚えないと、怒られちゃうので（笑）。音楽だと、そこまで怒られないから。

細野　役者とミュージシャンじゃ立場が違うものね。台詞さえ覚えられれば、役者もいいかも。でも、覚えられないからなあ。

（2008年7月5日号）

霊感の強い女性たちの助言を信じるべきか？

細野　そういえば、映画のラブ・シーンはどうなったの？　前回、悩んでたけど。

星野　無事終わりました、おかげさまで。

細野　お腹はへこんだの？　結構気にしてたじゃない？

星野　ちょっと炭水化物を減らして、おかずメインにして。あと、ちょっと腹筋もしました。

細野　まだ若いから、すぐ効果が出るでしょ。代謝がいいからね。

星野　わりと効果が出ました。その後、舞台（『女教師は二度抱かれた』[*1]）の稽古が始まって。音楽も全部作らせてもらったから、さらに痩せたんですよ。

細野　そりゃたいへんだったねえ。

星野　**激ヤセしました**。ところで、先生は霊感を信じますか？　先日、霊感の強い女性から、「ケガに気をつけてね」ってメールが来たんですよ（笑）。「どういうこと？」って返信したら、「正夢を3回連続で見たんだけど、その次に見た夢に大事故で血だらけの星野くんが出てきた」って。そうしたら、別の霊感の強い女性からも同じようなことを言われて。すごく怖くなったんですよ。

細野　**霊感VS霊感**だね（笑）。

星野　それで、別の霊感の強い女性はタクシーに乗って、数珠（じゅず）を届けてくれたんです。ある神社の魔除けで、なんかあったときには割れて助けてくれるっていう。それから、湯船に塩とお酒を入れてお風呂に入りなさいって。

細野　お清めしたんだ。

星野　そうやってお清めしたら、だんだん太ってきて（笑）。

細野　痩せていったのは、なにかにとり憑かれていたのかな？

星野　そうかもしれませんね。まあ、単純に疲れすぎて、気も弱っていたっていう。

細野　そういうときはね、怪我をするものなんだよ。

星野　そうみたいですね。

細野　いくら気をつけていても事故に遭っちゃうということがあるんだよね。

星野　みたいですね。どんどん痩せていったときはうれしいなって思ったんですけど、霊感の強い女性たちに言われて、初めて自分が異様なくらい疲れてたことに気づいて。

細野　疲れすぎると、幽体離脱っぽくなるっていうか、意識が薄くなるんだよね。ある意味、気持ちいい。ほんわかしちゃう。

星野　なんかちょっとハイになってました。すっごい疲れてんだけど、大丈夫みたいな。

細野　僕も疲れすぎのときは毎日乗ってる車が傷だらけでボロボロになったり、部屋の電球があちこち切れたり、カップを割ったり。だから、車なんかがちょっと傷つくときは自分が危ないときだってわかるんだよ。

星野　よく部屋の中の観葉植物が枯れたりとか、聞きますよね。

細野　うん。飼ってる猫が病気になったりとか。なんかこう、**愛するものが身代わりになって、警告してくれる**のかもしれないね。さっきの数珠もね、そういう意味ではおんなじことなんだよ。

星野　そういう役割だったんですね。自分はペット居ないですけど……。

細野　そう。周りを注意深く見ていれば、自分の状態がよくわかるってことだよ。

星野　じゃあ、先生の身代わりは車ですね。

細野　一番いつも身近にある存在だからね。忙しいと、周りから弱ってくんだよ。そうすると、責任感じちゃったりなんかする。

星野　今回も勉強になりました。

（2008年10月25日号）

＊1　『女教師は二度抱かれた』……2008年8月4日〜8月27日、Bunkamuraシアターコクーンで公演された舞台（作・演出／松尾スズキ）。出演は市川染五郎、大竹しのぶ、阿部サダヲほか。

トイレに関するそれぞれの秘密をここに大胆告白！

星野　俺、年中、腸炎みたいな感じなんですけど、特にこの1カ月はずっと痛くって、**毎日がトイレとの闘いで**。なにか食べたら急に腸が動き出して、出るのを我慢できないんです。トイレのことがあるから、電車の乗り降りについてもよく考えなきゃいけないし。

細野　僕も車の渋滞でそういう経験があるよ。人間は我慢の限界を超えても我慢ができるということがわかった。

星野　うわあ。

細野　暑い中、ものすごい我慢したね。我慢できるんだね。

星野　あの我慢する感じは嫌ですよね。密室の中だし、車に乗っててトイレに行けないのが一番困るなあ。周りに人がいる場合もあるじゃないですか。

細野　高速道路に入ると決まってトイレに行きたいと言い出す人がいるんだよ

ね。渋滞になるとほんとに困るんだよ。そうこうするうちに自分までトイレに行きたくなっちゃって……。

星野 それは困りますよね。

細野 あとは映画館だね。映画の前にトイレに行ってるのに、観てる最中にまた行きたくなっちゃう。

星野 そうなんですよ。しかも、映画館って寒いことも多いじゃないですか。

細野 だから最近、もう映画館には行きたくなくなっちゃった。DVDのほうがいいよ。好きなところで自由に止められるし、タバコも吸いながら観られるし。よっぽど面白そうな映画じゃないと、劇場には行かないね。

星野 なるほど。

細野 星野くんの腸炎は、病院でもらった薬でよくなったわけ？

星野 それまでは便の回数がすごく多かったんですけど、整腸剤を飲んだら、「普通の人はこのぐらいなのかな?」っていう感じになりました。

細野 それはよかった。

星野 以前は食べるとすぐに便意がくる感じだったのが、薬を飲んでからはそれが全然なくて。普通の人って楽なんだなあと思いました（笑）。もっと前からこの薬飲んどけばよかったたって。

細野　なかなかたいへんだったんだね。

星野　子どもの頃は2日にいっぺんぐらい、トイレの中でうーんってしながら神様にお願いしてました。「もう食べすぎません。もう二度と悪いことはしないので許してください」って。

細野　今思い出したんだけど、僕も、50代までは急な腹痛に悩まされてたよ。別に炎症じゃないんだろうけど、突然、キリキリキリって、いわゆる差し込みが襲ってくるんだ。でも、それを**我慢する快感が僕は好きだったの**（笑）。平気な顔していて、顔には出さないんだよ。

星野　それ、人には言わないんですか？

細野　言わない。

星野　すごいですね。

細野　でも、身内には言うんだよ。「今、差し込みがきてるんだよ。そう見えないでしょ？」って。ちなみに僕はね、家の外ではあんまりトイレをしたくないんだ。**家という巣に戻って、全部脱いでしたい**から（笑）。そういうタイプの人って結構多いと思うんだよね。

星野　俺も昔、下は全部脱がないとダメでした。あと、洋式が苦手っていう人がたまにいますよね。昔そうだったんです。タンクのほうに向かって、便器の上に乗ってバランスを取りながら和式的に使ってました。俺だけかな……。

（２００９年2月21日号）

無意識から意識的へ。貧乏ゆすりのマナーを考えよう。

星野　体が弱ってるときの**体を使わずに済むストレス発散法**を知りたいなあ、と思ってて。細野さんは、スポーツとかでストレスを発散するタイプじゃないですよね？

細野　それは同じ悩みだね。僕も相談したいくらいだよ。どうやってんの？

星野　貧乏ゆすりしちゃうんですよね。

細野　貧乏ゆすりは体にすごくいいんだよ。

星野　そうなんですか！　貧乏ゆすりをやっても大丈夫なんですか？

細野　実はトラウマがあってね。子どもの頃、入試の面接のときに緊張で貧乏ゆすりをしてたの。そうしたら、女性の面接官から「それはなんですか？」って訊かれたんで、「これは貧乏ゆすりです！」とハッキリ答えたんだよ。親からはなんでもハキハキと正直に答えなさいと言われて来たからね。ところが、不審な顔をされて……。どうやらその発言のせいで落とされたみたいなんだ。星野くんは、貧乏ゆすりのやり方ってどうやってる？

星野　……右足でやることが多いです（小刻みに貧乏ゆすりをしてみせる）。

細野　（しばし観察して）……**細かいね。細かいほどいいんだよ**（笑）。細かいのは出来る人と出来ない人がいるんだけど、出来ない人のほうが多い。僕は意識してやってるんだけど、寝ながらもやってる。とはいえ、貧乏ゆすりをやる人は大体問題があるんですよ（笑）。

星野　ストレスが溜まりやすかったりするんでしょうね。

細野　よくスタジオのエンジニアが仕事しながら貧乏ゆすりしてるじゃん。あれ、無意識にやってるんだったらカッコ悪いから、意識してやるべきだね（笑）。

星野　あ、俺も最近は意識してやるようになりました。これくらいしかいい発散方法がないやと思って。小学校の頃の話ですけど、食事のときにお箸でお茶碗やお皿をトントンやっちゃう子どもだったんですよ。友だちの家にお呼ばれしたときにもそうで、友だちの親が自分の親に報告して、怒られたことがありました（笑）。

細野　言いつけられちゃったんだ。

星野　それからトントンするのを我慢してたんですけど、親が見るに見かねたせいか「だったら、あんたドラム教室に通いなさいよ」って言われて。基礎からやりました、そこだったらいっぱいトントン出来るんだと思って。そのときに習ったハイハットを踏むときの足の動きは、今でもよくやっちゃいますね。

細野　バンドの連中はみんな音楽がかかってると、ついついリズムを合わせちゃうんだよ、嫌いな音楽でも。これは性(さが)だなと思う。でも、カッコ悪いじゃん、膝叩くのって。学生っぽい（笑）。

星野　でも、そういうのって伝染しませんか？　誰かがやってると、つい自分もやりたくなっちゃう。

細野　貧乏ゆすりやあくびって、人間の根本的な生理なんじゃないかな。知り合いの女性に貧乏ゆすりをする人がひとりいて、女性には似合わないんだよ。「この人、どうしたんだろう？」って思われちゃう。

星野　それはちょっと可哀想ですね。
細野　だから、やるときは意識して、「私、貧乏ゆすりをやりますので、失礼します」みたいな（笑）。タバコのマナーとして、「吸ってもいいですか？」って聞くじゃない。
星野　**貧乏ゆすりのマナー**（笑）。
細野　貧乏ゆすりで1曲出来そうだな（笑）。

（2009年4月4日号）

「貧乏ゆすり」の新たな呼び名を募集します！

星野　前回から話題が続きますが、「貧乏ゆすり」っていう言葉はなかなかキャッチーですね。

細野　言われてみればそうだねえ。

星野　サケロックの曲名にできそうですね。「貧乏ゆすり」（笑）。

細野　でも、今の世の中、貧乏だからって貧乏ゆすりしてる人っていないでしょ（笑）。逆だと思うよ。忙しくてストレス抱えてる人ほど、してるかもしれない。

星野　なるほど。

細野　今は、それさえもできない人が多い。ストレスを発散できてないと思うんだよ。あのさ、猫が喉をゴロゴロさせるのって、人間には絶対真似できないじゃない？

星野　あれ、いい音ですよね。
細野　あれを聴いてるだけで、伝わってくるものがあるじゃない。前に考えたことがあるんだけど、人間にとって猫のゴロゴロに匹敵するのは、貧乏ゆすりだなと。デートなんかのときも、貧乏ゆすりをすると、その振動が相手に伝わって、気持ちが伝わるんじゃないかって思うけど（笑）。
星野　**貧乏ゆすりしながら「愛してるよ」って言う**のは面白いですね（笑）。
細野　その振動は自分だけのものにしないで、他人に伝えたほうがいいと思う。昔、脱線トリオかなんかのコントであったじゃない？　ガクガク震えてる人の肩に触ると、その人の震えが伝染っちゃうの（笑）。
星野　人のあくびが自分に伝染ったりすると、なんか幸せな気持ちになりますよね。
細野　うん、一体感が生まれるよね。
星野　素晴らしい教えをいただきました。ありがとうございます（笑）。
細野　世の中には、いろんなストレス解消法があるじゃない？　たとえば、本読んだり、映画観たり、散歩したり……。これらは計画的だよね。そういうんじゃなくて、もっと生理的な解消法がある。普通の人がイライラして怒ったりするのは、それだと思うんだ。
星野　確かに。
細野　そう考えてみると、**貧乏ゆすりは、世界一のストレス解消法**だね。これではっきりした（笑）。貧乏ゆすりは馬鹿にできないよ。
星野　もしも全国民が貧乏ゆすりをして発電したなら、相当な電力になりますよね（笑）。ストレスがエネルギーに変わるっていいですね。**ネガがポジに変わる**。
細野　それは考えるべきだね。
星野　貧乏ゆすりユニットを組むのもいいですね。振動が電気信号に変わって、それが更に電子音に変わる（笑）。
細野　いいね（笑）。かわいくて、憎めないね。でもさ、最近は、貧乏ゆすりみたいな方法で体の微調整をすることができない人も多いらしいんだ。たとえば、ウィンクって、できない人がずいぶんいるんだよ。星野くんはウィンクできる？
星野　できます（ウィンクしてみせる）。
細野　できないという人は、顔の筋肉が未熟というか、脳が訓練されてないん

なんだよ。だと思う。貧乏ゆすりを細かくできるっていうのも、実は脳の動きがいい証拠

星野　貧乏ゆすりをしながら作業すると、むしろ集中できますもんね。貧乏ゆすりは悪い癖だという情報さえなければ……。

細野　そもそも、「貧乏ゆすり」って名前が悪いのかもね。そういえば、貧乏ゆすりって、英語ではなんていうんだろう？

星野　きっと欧米人もやりますよね？

細野　こういうことってあんまり話題にならないから面白いんだよ。……イメージを刷新するために、「貧乏ゆすり」の新しいネーミングを考えるのは、どうだろう？

星野　あー面白い！　いいのないかなあ。

（２００９年４月18日号）

編集部に届いた「貧乏ゆすり」の名前案を見ながら新ネーミングを考えてみよう。

細野　そうそう、今回は貧乏ゆすりの新しいネーミングを決めるんだったね。（ハガキをじっくりと見ながら）どれがいいのかな。「本気ビート」、面白いね（笑）。

星野　「ECO　WAVE」も、すごいですね。「チョンチョン元気」は、細野さんの「Pom Pom蒸気」にかけてあります。いっそのこと、「Pom Pom蒸気」のままでもいいような気がしてきました（笑）。

細野　そうなると、歌うときには必ず貧乏ゆすりをしなくちゃいけない（笑）。ふ〜ん。いろいろ届いているんだね。

星野　あ、「**グッド・ヴァイブレーション**」っていうのもある（笑）。

細野　おっ。ビーチ・ボーイズ・ネタだね。

星野　あっ。これはいいですね、「幸せ待ち」。

細野　ははは、それはいいね。
星野　確かに、〝待ってる感じ〟はしますよね。
細野　凄く高尚だよね。形而上的というか。
星野　でも、ちょっとオジサンが得意げに言いそうですよね。「キミィ、幸せ待ちしてるね～」みたいに（笑）。そういうノリで言われると、イラッとくるかもしれません。
細野　いいとは思うんだけど、長続きしない感じかなあ（笑）。
星野　「アゲ・ビート」、「フィジカル・ビート」……。ビートものは多いですね。ちょっと思ったんですが「基礎練」っていうのはどうですか？
細野　「キソレン」⁉
星野　基礎練習の略です。
細野　ああ。なるほどね。
星野　繰り返している感じが、ドラムの基礎練習に近いかなと思って。
細野　英語か日本語か、どっちがいいかな。
星野　英語では「ゴージャス・ニー」ってのがありますよ。ああ、これは逆転の発想ですね。そういう意味では、この「ウェイクアップ・エモーション」も

（笑）。

細野　ちょっと長いなあ。

星野　やっぱりキャッチーなネーミングをと考えていくと、長いのはダメですね。そういえば、細野さんが前におっしゃっていた「**ジグる**」は、すごくよかったです。語源はなんでしたっけ？

細野　〝jiggle〟（軽く揺らす）ね。英語で調べてみたんだよ。

星野　へ～。

細野　だから、貧乏ゆすりをすることは「ジグリング」で――。

星野　ジャグリングみたいですね。

細野　する人は「**ジグラー**」（笑）。

星野　「ジグラー」、それいいですね（笑）。

（２００９年６月13日号）

歩くことに目覚めたふたりがウォーキングの効果を熱く語り合う。

星野　最近、歩くのが面白くって。免許もないし、ずっと電車移動だったんです。たとえば、池袋から渋谷まで山手線に乗って行くと、その間って空白じゃないですか。**ある意味、テレポーテーション**っていうか。だから、どこに居ても不安だったんですよ、地理にもちょっと弱いんで。でも、池袋駅から渋谷駅まで歩いてみると、その間が埋まるじゃないですか。そうすると、土地に対して、なんて言うんですかね……。

細野　なじむよね。足で歩くと、土地のことがよくわかるんだよ。

星野　ここと あそこって、こんなに近かったんだ！　とか。

細野　そうそう。僕も、最近そういう発見が多い。自分の場合は、今まで車で通りすぎてたから、東京がつまんない街に見えてたの。それが、歩きながら見ていくと、すごい面白いんだよ。特に下町は楽しい。商店街とか、前から好きだったんだけどさ。でね、山の手はダメだ！　って思い込んでたの。ところが、今日、原宿の裏を歩いたらなんて面白いんだろう！　って。裏原宿じゃなくて、住宅街のほう。いいなあ、この辺に住みたいなあって、思っちゃった。

星野　この間、ナレーションの仕事が赤坂見附で終わったんですけど、次の打ち合わせが中目黒で。結構時間があったから、ちょっと歩いてみようと思って。歩き出したら、全然、行けちゃったんですよ。

細野　行けるでしょ。

星野　ビックリしちゃったんですよね。赤坂見附から渋谷までなんて、すごい近い。

細野　**意外な場所と場所が近い**んだよね。たとえば、銀座から巣鴨が近いとか。頭でイメージしてたのと違って、実際に歩いてみたら、妙な地理感覚なんだよ、東京って。

星野　でも、ちょっと足が痛くなりませんか？　だから歩いても疲れない靴とか買ったりしました。

細野　うん。いい靴を買わなくちゃ。僕も、先日、ＡＢＣマートへ行って来た（笑）。店員に聞いたもん。「ウォーキング用の靴ってあるんですか」って。わかんないから。
星野 足が痛いってことを除くと楽しいですよね。あと、日差しがあんまり強いとつらいですけど、夕方とか夜ならいい。
細野 そうそう。夕方、気持ちいいよね。僕も、大体毎日30分くらい歩いてる。
星野 あの、歩いてると、よく汗をかきますよね？
細野 かくね。最近、僕は首にタオル巻いてるもん（笑）。巻かないと冷えちゃうの、汗で。汗ってすごいよ、冷やす効果が。
星野 自分はお腹が弱いんで、腹巻してます。汗かいても、お腹だけは冷えないように。
細野 **僕の弱点は首**なの。あと、耳。温度差があると、耳が詰まっちゃう。首から冷えるんだろうね。
星野 確かに。首が冷えるとまずいですね。
細野 振り返れば、僕も小学校のときは、白金の家から日比谷まで友だちとよく歩いたもんね。まあ、ヒマだったんだけど（笑）。
星野 時間あると、歩けるじゃないですか。そういう時間の使い方っていいですよね。今までは移動に時間をかけるなんて無駄だと思ってたんですけど。で、また、歩くといい感じでお腹が空くじゃないですか。

細野　お腹が空くっていいよね。

星野　惰性で食べると罪悪感もありますし。

細野　うん。ここんところ、うわー、腹ペコ！　ってことが多くてうれしいんだよ（笑）。

（2009年11月14日号）

ジム通いにおけるうれしい変化と大いなる弊害⁉

星野　最近、体重が増え始めているんです。
細野　星野くんはまだ、全然大丈夫そうだよ。40過ぎると、ほんとに体重のコントロールが効かなくなるんだけどね。
星野　そんなこともあって、**最近ジムに通い始めたん**ですよ。1回行ったら、その日はすごい元気になっちゃって、曲とか作り始めちゃって（笑）。
細野　急激な変化だねえ（笑）。
星野　自分の中にはこんなに体力が眠っていたのかと驚きました。それまではジムなんか行きたくないみたいな感じだったのに、いきなり1週間続けて行っちゃった。
細野　そういう人はね、運動中毒になっちゃうんだよ（笑）。アメリカの研究グループが、過度の運動はドーパミンを放出するから中毒になるって発表したの。

星野　そうなんですか。実は、筋トレすると、すぐ体に故障が出てしまって。

細野　**つまり、必要ないんだよ。**

星野　ああ、必要ないってことなんですかね。結構多いと思うんですよ、運動したいと思っていながら、いざ始めると体を壊して結局やめちゃう人って。

細野　多いと思う。ジムに来てる人の中には筋トレ中毒者もいるから。自分の体を見せたいという気持ちが高じて、だんだんアスリート体質に変わっていって、その世界に入っちゃうよね。ジムには、ヨタヨタの人ってあんまり来てないでしょ。

星野　なるほど。胸を張ってる感じの人とか、多いですよね。

細野　だから、僕もジムには行けなかったの。たとえばさ、ヘアカットする前には髪の毛洗わなきゃ、服買いに行くときにはきれいな服着て行かなきゃとか、思うじゃない？　それと一緒で、ジムに行くときには鍛えてから行かなきゃって思っちゃうんだ。

星野　**本末転倒**ですね（笑）。

細野　医者行くときには健康な状態で行かなきゃいけないとかね（笑）。

星野　そういう意味でも、**ジムに通うより歩くほうがおすすめ**ですね。
細野　歩くのが一番だね。これは僕の体験からも実証済みだからね。
星野　細野さんがよく歩くようになった直接のきっかけはなんだったんですか？
細野　栄養士の若い女の子に説教されたの（笑）。１日少なくとも15分は歩いてくださいって。そのうちきっと歩くことが好きになりますからって言われてさ。自分では、絶対にそんなことはありえないって思ってたんだけど……。
星野　ということは、最初は無理矢理歩いてたんですか？
細野　そう。でも、ほんとに好きになるもんなんだね。意外だったよ。
星野　１日15分でいいんですもんね。
細野　あのね、栄養士はまだ優しいんだよ。医者はもっと厳しいんだよね。メタボ基準っていうのが、すごく厳しくなってるから。国家統制だね。これまでなら平気だった数値が、今はもうアウト。だから、１日６０００歩は歩かないとダメなんだって。それ聞いて、気が遠くなっちゃった（笑）。
星野　６０００歩というと、どのぐらい歩けば消化できる歩数なんですか？
細野　そう思うよね。だから、試しに自分でも測ってみたんだよ。そうしたら、

1分間に100歩くらいは歩けたかな。計算の結果、1日2回に分けて、30分ずつ歩くようにしたんだ。歩くのはいいことだよ。

星野　今回も勉強になりました。ありがとうございます！

（2009年11月28日号）

星野にも効果アリ！
キャベツダイエットのレシピを教えます。

星野 実は、人間関係における、いわゆる〝ファミリー〟っていうのが苦手なんです。

細野 縁のないノリだよね（笑）。

星野 そういうの、結構バンドの世界にもありますよね。

細野 星野くんと僕って、そういうのダメだよね。気が弱いというか、圧倒されちゃうんだよね。

星野 昔は、ファミリー感の濃いライブイベントに呼ばれる機会も多くて。でも、いざ打ち上げになると、主催者の人の友だちが続々来る感じになって、居場所がないなと……。

細野 そういうのは多いね。芸能界的なのかな。ミュージシャンは意外と孤独を好む人も多いけど。

星野 ライブハウスなんかでも、どうも上下関係があるみたいなんですよね。それ聞いて、嫌だなって思ったんですけど。

細野 星野くんも僕も、徒党を組むことがないから、そういう意味では孤独だよね。

星野 そうですね。だから、ひとりでいる人を見ると、「あ、この人はひとりだな」と思って、すごく好きになっちゃうんです。

細野 まあ、しかたなくひとりでいる人もいるんだけどね。この人はひとりぼっちでいるから話しかけてあげなきゃな、なんて親切心を起こしていざ話してみると、全然わけがわからず、話が通じなかったりして（笑）。

星野 たとえば誰ですか？

細野 まあ、中にはそういう人もいるってこと。誰がどうしたじゃなく（笑）。

星野 そうですよね（笑）。じゃあ、話題を変えましょう。

細野 そのほうがいいね（笑）。

星野 最近、痩せたんですよ。

細野 ずいぶん話が飛ぶなあ（笑）。それはいいとして、どうやって痩せたわけ？

星野 **キャベツダイエット**なんですけど。

細野　典型的なやつだな。
星野　この間まで体重が62キロほどあったんです。
細野　結構あったんだね。
星野　これじゃダメだと思って。
細野　決心したわけだね。キャベツダイエットって、具体的にはどんな感じなの？
星野　まず、毎食ごとにキャベツから食べ始めるようにするんです。
細野　キャベツだけを生でかじるの？
星野　最初はそう思ってたんですけど、ドレッシングも山ほど入れていいし、玉子も入れていいし、肉も入れていいんですよ。
細野　案外ゆるいんだね。
星野　そうなんです。毎食、両手に山盛りになるぐらいのキャベツを食べて、その後に普通にご飯を食べるんです。
細野　へえ、そういうことなんだ。
星野　そう。一定量のキャベツを食べた後であれば、たとえばコロッケみたいな揚げ物を食べても構わないんですよ。

細野　つまり、順番が大事なんだね。最初にキャベツで胃をいっぱいにするわけだ。

星野　そうなんですよ。そんな食生活を続けていても、仕事がちょっと増えると外食がちになるじゃないですか。初めのキャベツ抜きで普通にご飯を食べたら、すごくお腹が空くようになっちゃって。やっぱり、キャベツを入れておくと確実にお腹がふくらむんだなと実感しました。

細野　へえ、それで何キロ痩せたの？

星野　2週間で5キロ痩せました。

細野　すごいね！

星野　レシピはですね、千切りにしたキャベツに、潰したゆで玉子を混ぜて、その上に塩と胡椒とマヨネーズをいっぱいかけてさらにまぜるだけ！　なんです。

細野　おいしそうだなあ。試してみるよ。

（２０１０年４月３日号）

人の数だけ持病はある？ 〝モニカ病〟情報求む！

星野　昔から「一緒に生きています！」っていうような持病はありますか？

細野　う〜ん、なんだろうねえ。

星野　俺は「いつもお腹が痛い」ってことなんですけど……。

細野　腸が過敏ってことだね。そういうのは僕にもあるかもしれないよ。最近、流行っているよね、いろいろな過敏症が……。

星野　自分は過敏性腸症候群なのかな……。

細野　僕の場合はね、**遅く起きて外食すると〝もよおす〟**の。でも、外でするのが嫌だから、すぐウチに帰っちゃう（笑）。

星野　それもたいへんですね。

細野　どこでもできる人間じゃないんだ。自分の場所が必要なの。ところが、昔、横尾（忠則）さんと『コチンの月』（78年）ってアルバムを作りにインドへ行ったことがあるんだけど、お腹を壊して「あんなに我慢したことはない」というレベルの経験をしてね。それ以来、「あれに比べたら」とイメージすれば、結構できるものなんだよ、〝我慢〟って。

星野　それいいですね、〝我慢〟できる。

細野　そういう意味では、あとは持病と言えるようなものはないのかもしれない。

星野　よく心臓がドクンってなるときがあって……。

細野　それは誰でもなるよ。不整脈だと思う。持病とは言わないいんじゃないかな。

星野　なるもんなんですね。ちょっと心配になって、病院へ行って、簡単な計測器を1週間付けたんですけど、異常なしでした。

細野　よかった。でも、よくあることだよ。もちろん、用心するにこしたことはないけど。

星野　金縛りにもなります（笑）。疲れているときによく。「うわあああ」って体が動かないし。頭の中にはノイズが響いて、「うるさいよ、もう！」みたいになってしまう。

細野　でも、もう慣れたんじゃない？

星野　おかげさまで慣れました。でも、最初になったときはあせりましたね。高校生の頃かな、授業をサボって、誰も使っていない理科室の大きな机で昼寝をしてたんですよ。机の端に頭をぐらんと垂らしたら、最初は気持ちがよかったんですけど、不意に「うわあああ」って金縛りが起こって。

細野　シチュエーションが怖いよね。

星野　そんときは自分で治せたんですよ。「えい！」ってなにかを追い払う感じで。

細野　金縛りといえば、昔、イビサ島へレコーディングに行ったんだよ。アース・ウィンド&ファイアーも使った有名なスタジオが山の上にあってね。でも、ビーチのほうじゃないから、そこの施設の中でご飯を食べて、眠るしかない。ところが、部屋で寝ていたら、なんか空間が渦を巻いてきたの。元々、僕は**渦巻き恐怖症**でさ。それが倍増されて、金縛りになっちゃった。

星野　うわ〜。

細野　だから、翌朝、麓のリゾート・ホテルに移っちゃった。当時は金縛りはしょっちゅうだった。最近はあんまりないけどね。

星野　そういえば、眠りが一番深い頃に、時々、お尻の穴とちんちんの間がつって、あまりの痛みに起きてしまうんです。

細野　つる？

星野　ええ、自分で勝手に〝**モニカ病**〟って呼んでいるんですけど。

細野　〝モニカ病〟？

星野　痛すぎて、吉川晃司さんが「モニカ」（84年）を歌い踊るときのアクションにそっくりな動きをしてしまうんですよ。

細野　すごく痛そう。血行の問題なのかな。

星野　それがよくわからなくて。病院でも異常なしって。

細野　『TV Bros.』の読者の方々には、同病者も結構いると思うから、尋ねたら？

星野　解決法がわかるといいなあ。

（2011年4月2日号）

若い女性のエキスを吸えばいつまでも若さを保てる？

細野　実年齢っていうのは、圧倒的な力があるね。今の世の中、なにかやるたびに年齢書かなきゃならないでしょ？
星野　ネットとかでもありますよね。0歳から100歳以上まで選択肢があったり。
細野　そう。ああいうときは思わず嘘ついちゃおうかと思うよ。
星野　そうなんですか（笑）。
細野　女性誌の占いには、運勢と対応させるための生まれ年の表が付いてるじゃない？　あそこにはもう、僕の生まれた年はない。占いから除外されてるんだよ。
星野　えー!?
細野　ないの。そういうときは年齢を感じるよね。普段、音楽をやっているときは特に年齢のことは考えないんだけど。
星野　それは絶対に関係ありますよね。どんどんステージに出たりすると、年齢なんか感じなくなるんじゃないですか。
細野　まあ、舞台に出たから老けなくなるってことはないと思うけどね。
星野　最近になって、細野さんはライブの数が増えてますもんね。
細野　逆に、絶対出ない人もいるじゃん。
星野　**現場に出続ける**ということは大事ですね。がんばります。
細野　やっぱり、人前に出るときはちゃんとした服装しなきゃならないしね。
星野　それが年を取らない秘訣かも。
細野　でも一方では、人前に出なくていいなら毎日ボロボロの服着て細々と過ごせるのに……、なんてことも思うんだけど。
星野　昨年末、細野さんがレコード大賞[*1]に出演したときは、別の意味で若返ったんじゃないですか。KARAとかに囲まれて（笑）。
細野　若さのエキスを吸うってことね。でも、ほんとに若返るかもしれないよ。
星野　どういうことですか？
細野　昔、太極拳の先生と話したことがあるんだよ。どうやって若さをキープしているのか聞いたら、「**若い女性たちと一緒にお風呂に入るんだよ**」だって。
星野　ええー！（笑）
細野　すごいよね。恵まれてるよね。
星野　恵まれすぎですよ！（笑）
細野　実際、そうやってエキスを吸ってるんだと思うよ。
星野　よりによって風呂場で（笑）。
細野　普通は、男ってエキスを吸われる側だからね。だから、吸う側の女性は強いじゃない？
星野　いつまでも年取りませんもんね。
細野　そういえば、最近、どうも叶姉妹が気になるんだよ。
星野　あの方々も魔女っぽいですね。
細野　というのも、週に一度は、必ず謎のリムジンを見るんだよ。僕の車の前や後ろを、ベージュの長ーいリムジンが走ってる。曇りガラスで中は見えないんだけど……。
星野　中から出てくるところ見ました？
細野　見てない（笑）。でも、僕は勝手にあれは叶姉妹だと信じ込んでるんだ。

星野　行動範囲が一緒なんですね。
細野　もうひとり、僕が行くところに必ずいるのが、野村サッチー。
星野　おお！
細野　面識はないけど、向こうも僕のこと気になってるはずなんだよ。だから今度、自己紹介してみようかと思って。
星野　気になりすぎてちょっと好意が芽生えるってことはないですか？
細野　残念ながらそれはないね（笑）。

（２０１２年3月31日号）

＊１　レコード大賞に出演したとき……２０１１年、第53回日本レコード大賞の優秀アルバム賞を『HoSoNoVa』で受賞し、番組ではオープニングアクトを務めた。

ウォシュレット中毒からの脱却でお尻の自立心を養う。

細野　僕の家のトイレ、ウォシュレットが壊れちゃったんだよ。
星野　それは結構大きい問題ですね。
細野　半年前ぐらいに取り替えたばっかりなのに、もう壊れちゃって。で、修理しようかと思ったんだけど、やめたの。
星野　どうしてですか？
細野　なぜかというと、**長年のウォシュレット中毒**から抜け出そうと思ってね。
星野　ウォシュレット中毒って？
細野　お湯でお尻を刺激してからじゃないと、出るものが出ないんだよ。
星野　本来は出してからお湯を浴びるものなのに、逆になっちゃったんですか？
細野　そう。今、そういう人が多いらしいんだよ。マツコ・デラックスもテレビで同じこと言ってたな。「私、ウォシュレットなしではもうできない」って。

星野　まさに依存症だ。

細野　それが高じると、他人任せというか、自立心がなくなる。

星野　自立心（笑）。**お尻の自立心がなくなってくる**んですね。

細野　うん。ウォシュレットをやめたら、僕のお尻も自立心を取り戻してきたよ。

星野　よかったじゃないですか。

細野　上手くできてるなあと思った。これこそ、トイレの神様の計らいだって（笑）。

星野　そんなことまでしてくれるんですね、トイレの神様は（笑）。

細野　そう、すごく気を遣ってくれる。

星野　ウォシュレットに関しては、〝やわらか〟っていう機能が好きなんです。

細野　ソフトなのがいいんだ。

星野　**〝やわらか〟なんだけどツマミは最強**というのが一番ちょうどいいんです。

細野　へえ（笑）。個人個人、微妙な好みがあるんだねえ。

星野　ノーマルだと鋭利すぎるっていうか。

細野　うん。鋭利だよね。

星野　ところが、〝やわらか〟だと、面で攻めてくれる感じになる。
細野　僕の場合、面だと弱すぎて、ずっとピンポイントで攻めてもらってたんだけど、そのおかげで自立心が奪われてしまった。
星野　そういえば、ウォシュレットを使うときはお尻の穴をキュッと締めたほうがいいという説を小耳に挟んだことがあるんですよ。
細野　どういう理由なの？
星野　締めないと、お湯と一緒に腸に雑菌が入って下痢になるという理屈だそうです。
細野　誰から聞いたの？
星野　テレビで、芸人さんが言ってました。本当かなあと思いましたけど、一理あるような気も。
細野　似たような話が記憶にあるな。……そうだ、不潔な場所におしっこをすると、その汚れが逆流して体に入るっていう話だ。
星野　つまり、バイ菌が鯉の滝登りみたいに地面から上がってくるわけですね。
細野　それ、真実だと思うんだよ。だって僕、子どもの頃にミミズにおしっこかけたら、本当におちんちんが腫れたからね。

星野　あれは、ミミズにおしっこをかけないようにという戒めじゃないんですか？
細野　逆流の真実を伝える「教え」なんだよ、きっと。
星野　それにしてもバイ菌はずいぶん泳ぎが速いな（笑）。じゃあ、汚いところで立ちションしなきゃいけないときはどうすればいいんだろう。おしっこが着地する前に、一回流れを断ち切ればいいんですかね？
細野　そうそう。
星野　嫌だ、そんなの！（笑）
細野　ありったけの筋肉を使って、キュッとおしっこを止める。そしてフィニッシュが大事。
星野　体が鍛えられそうですねえ（笑）。

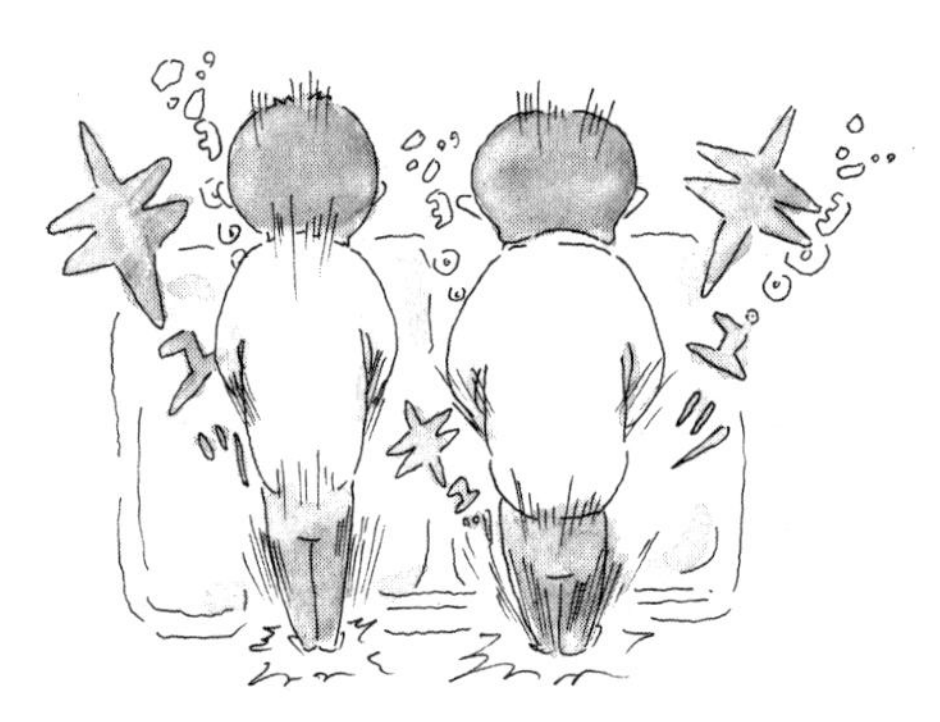

（2013年2月2日号）

クモ膜下出血から復帰した星野が吐露する現在の心境。

細野　久しぶりだね。もう無事なの？

星野　今回の入院では、いろいろご心配をおかけしました。

細野　クモ膜下出血で倒れたときの様子は、実を言うと人を介していろいろ聞いたんだけど、運がよかったよね。ちょうど、周りに大勢、人がいてくれたときだったんでしょ？

星野　そうなんですよ。録音中のスタジオで倒れちゃったんですが、周囲の人に救急車を呼んでもらって。

細野　やっぱり、働きすぎたのがよくなかったわけ？　というのも、当時のスケジュールを見ると、すごく過密だったじゃない？

星野　脳に動脈瘤というのができて、そこから出血したんですが、それは、慢性的なものみたいです。つまり、忙しさが原因ではなく、以前からのものだということですね。

細野　体質的なものなんだ。

星野　そうですね。だから、忙しさは直接の原因ではないと思うんです。ただ、ストレスや疲労はちょっと影響したかもしれない。

細野　そうか。他人事じゃないな。その後、なんか自分の中で変わったことはある？

星野　ずいぶん変わりましたね。入院生活そのものが苦行みたいだったので、アニメの『聖☆おにいさん』（13年）で声を担当したブッダの役作りができました（笑）。

細野　すごい経験だもんね。**生きるか死ぬか、本当の修行**っていうか……。

星野　苦行とはこういうものなのかと思い知らされましたよ。だから、それを終えた今は、**食べ物がやたらとおいしく感じる**。

細野　それはいいことだ。

星野　手術後、初めて食べたヨーグルトに感動してみたり、久しぶりに食べた揚げ物に感動してみたり（笑）。

細野　ああ、わかるよ。

星野　今はもう、なにを食べてもOKで。食事制限はまったくないんです。
細野　大丈夫なんだ。それは最高だね。
星野　退院したその日に、親と焼肉を食べに行きました。おいしかったなあ（笑）。
細野　しかし、この機会にゆっくり休めたのはよかったよね。
星野　そうですね。ほぼ3カ月、みっちり休めたので。
細野　仕事したくなった？
星野　しばらくはしたくなかったですね。
細野　そりゃそうだよね。
星野　しばらく経った今は、仕事をやり出すと、やっぱりやり続けちゃうんですけどね。
細野　僕も同じ。一度やり始めると、僕ら、止まらないじゃない？（笑）
星野　でも、**やった分だけ、休みたい気持ちがちゃんと生まれてくる**ようになりました。前は、あんまり休みたいと思わなかった。
細野　それはいいことだよ。すごく体を酷使してるわけだから、終わったら休みたいと思うのはごく自然な気持ちだと思うし。

星野　ということで、今は、家に籠ってゲームばかりやってます（笑）。
細野　僕も、昔、足の骨を折った頃はゲームばかりやってたよ（笑）。その時代はまだファミコンだったけど。星野くんは、今、なんていうゲームをやってるの？
星野　「シムシティ」の最新作なんですよ。
細野　うわ、懐かしい！
星野　とにかく、グラフィックがきれいで感動しますよ。あのゲーム、戦いとかがないから、病み上がりの自分でもごく穏やかな気持ちでプレイできるのがいいんですよ（笑）。
細野　ちょっと興味あるな。
星野　ただ、問題は、ウィンドウズ[*1]のパソコンでしか動かないというところ。
細野　それは、僕もウィンドウズのマシン買わなきゃいけないな！（笑）

（2013年4月27日号）

＊1　ウィンドウズのパソコンでしか……のちにMac版も発売された。

病気が嫌いなふたりが語る理想の入院生活とは？

細野　病み上がりの星野くんだけど、僕より元気そうだ。
星野　元気なのって、いいですよね（笑）。
細野　いいよ。やっぱり元気が一番（笑）。**音楽が作れなくなっちゃうともうダメ**だよね。考えただけで嫌になっちゃうよ。
星野　今回の手術後、入院生活を楽しむにはどうすればいいのかなってずっと考え続けていたんですよ。
細野　ということは、あんまり楽しめなかったわけ？
星野　ええ。ちょっと病状が過酷だったこともあって、楽しめませんでした。
細野　政治家とか芸能人って、特に病気でもないのに入院したりするじゃない？　僕、あれに憧れるんだよねえ。病気じゃなければ、入院って楽しいんじゃないかな。

星野　確かに。病気じゃなければ（笑）。
細野　心身ともにじっくり休めるのって、唯一そういう場所だと思うんだよね。たとえば、温泉行ったたって、せいぜい休めるのは3日間ぐらいがいいところじゃん。
星野　確かに。
細野　そういや、横尾忠則さんって、入院が好きなんだって。なにかしら調子の悪いところを見つけては、知り合いの病院に入る。そこで絵を描いてるっていうからね（笑）。
星野　すごい（笑）。集中できるのかなあ。
細野　まあ、横尾さんは特殊だよね。病院が好きな人ってあまりいないから。
星野　うーん、細野さんも、入院しながら音楽を作ってみるのはどうですか？
細野　でも、病室にはパソコンとか持ち込めないんじゃないの？
星野　自分がいた病院は大丈夫だったですよ。パソコンも携帯も問題なし。唯一、加湿器だけはダメって言われました。菌が繁殖しちゃいそうだからって。
細野　そうか、免疫の問題だもんね。
星野　光がしんどかったから退院まで携帯の画面も見られなかったんですけど、

もしもうちょっと元気でいろいろと作業ができるような状態だったら、病室というのは割と集中できそうな場所だなと思います。

細野　確かにそうかも。

星野　睡眠も管理されるから、生活だって普段より規則的になりますからね。

細野　星野くんはちゃんと眠れたの？

星野　最初はなかなか眠れなかったですけど、だんだん慣れました。

細野　消灯は何時？

星野　9時半だったかなあ。毎日、10時に眠って、朝6時に起きる感じでした。

細野　ご飯はどうだった？

星野　おいしかったですよ。

細野　おいしいんだ？

星野　ええ。……しかし、考えてみればこの冬、クリスマスも正月も、病院で出された食事を食べて過ごしたことになる（笑）。

細野　それも貴重な体験だよ。クリスマスには、なにか特別な食事が出たりするの？

星野　なんかやるのかなと内心、期待してたんですけど、昼食のプレートに

「Merry Christmas」と書かれた紙が敷いてあっただけでした（笑）。

細野　ささやかだね（笑）。じゃあ、お正月はどうだったの？

星野　年越しそばが出たくらいですね。**おせち料理が出るらしいという噂**が飛んでいたんですけど、実際は、器がちょっと違うぐらい。あれはおせちとは言えなかった。

細野　噂が飛んだんだ（笑）。

星野　はい。看護師さんたちもそれを楽しみにしてたんですが、期待を裏切られたみたい。「去年はこんなことなかったのに！」と憤ってました（笑）。

（2013年5月11日号）

入院の首尾を決するのはやっぱりナースなのか？

細野　星野くんは、結局、病院には何カ月いたことになるの？

星野　短かったです。3週間ぐらい。1カ月もいなかったんですよね。

細野　これは年寄りの例だけど、倒れて入院した場合、男の人はすぐに病院から出たがるんだって。勝手に家に帰っちゃったり。

星野　よくあるらしいですね。

細野　とにかく男の人は帰りたがる。女性は覚悟を決めて、じっとしていられるんだけど、**男はうろたえて帰りたがる**。

星野　そういえば、ナースセンターにずっといるおじいちゃんがいました。いつも看護師さんと話してるっていう。

細野　看護師さんは優しいからね。

星野　そのおじいさんについて、看護師さんに「ずっといますね」って話を向けると、「そうそう。でも、相手してないとどっか行っちゃうのよね」って。

細野　やっぱり（笑）。

星野　でも、そう言いながら、なんだか楽しげでした。看護師さんたちって、明るいし、バイタリティがすごい。

細野　ね。世の中には、それが目当てで入院する人もいるしね。

星野　そうなんだ（笑）。

細野　美人看護師さんがいるところを選んで行くっていう人、ほんとにいるから。

星野　実は、僕が入院した病院もかわいい人が多かったんです。

細野　お！　いいねえ！

星野　院長さんが**スケベなんじゃないかなって感謝**しました。

細野　お医者さんに限らないけど、男っていうのは大体スケベだと思うよ（笑）。

星野　あはははは！

細野　僕が昔通ってた歯医者さんが、まさにそうだったんだ。

星野　勝手なイメージですが、歯医者さんは特にそんな感じがしますね（笑）。

細野　もう、遊び人の歯医者でね。周りにいる衛生士さんを見てると、これからAVの撮影でも始まるんじゃないかと思うぐらい。

星野　あはははは！　それ、いいですね。

細野　その人たちに、口を開けられて指を突っ込まれるわけだからね。

星野　性的ですね。

細野　そう。その頃、僕はYMOをやってたんだけど、『OMIYAGE』（81年・小学館刊）っていうYMOの写真集を作ったとき、その歯医者さんで治療中の写真を撮ってもらったんだ（笑）。

星野　素敵です（笑）。さっきも言った通り、入院先の看護師さんはかわいい人ばかりだったんですが、唯一残念だったのは、制服がスカートじゃないんですよね。

細野　昔ながらの看護師さんのイメージは、やっぱりスカートだよ。確かに、パンツのほうが合理的なんだろうけど、ちょっと残念。

星野　いや、ちょっとどころか、すっごい残念です！

細野　本気で憤ってるねえ（笑）。

星野　でもみんな、私服がかわいかったから、まあいいかとも思ってるんですけど。

細野　そう？　コスプレじゃないけど、普通は、ナース服から私服に着替えた途端にオーラが消えちゃうものじゃない？

星野　ちょっと遊んでる風の、艶（あで）やかな私服の看護師さんが多かったんですよ。やっぱり、そういうのが好みな人がいるのかな（笑）。

細野　そうだと思うよ（笑）。

星野　でも、やっぱり制服はスカートにしてほしい。それだけで、患者が元気になるスピードが絶対に違う気がします。

細野　その通りだと思うよ。

星野　**欲望というものが人間の元気を支えてる**んだなって、実感しましたね。

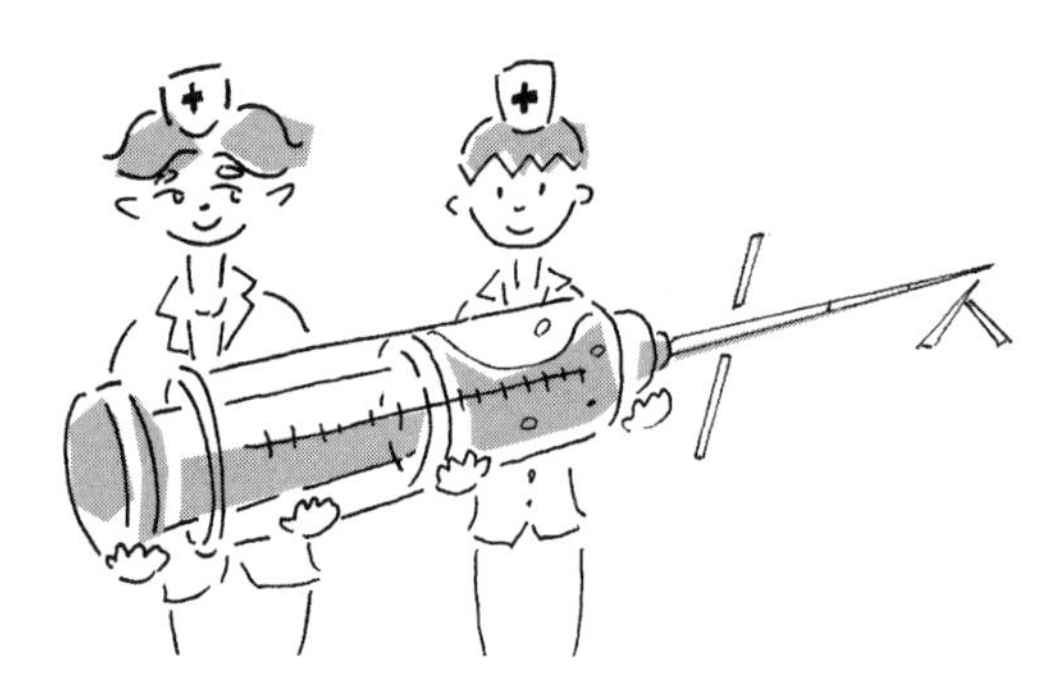

（2013年5月25日号）

1カ月の禁欲生活が導いた恐るべき性欲の対象とは？

細野　星野くんの手術は、どんな感じだったの？
星野　手術室って、ＢＧＭがかかってるんですよ。ヒーリング音楽みたいなのが。
細野　というと、よく歯医者さんでかかってるような感じの？
星野　そうそう、♪ファ〜みたいな、エンヤっぽい感じの曲です。
細野　やっぱり、そういうときはエンヤみたいな曲なんだね（笑）。
星野　そのとき、助手の女性に、「**星野さんの曲じゃなくてごめんね**」って冗談を言われて。それ聞いて笑っちゃいました。「それだったら手術どころじゃなくて、もし麻酔がかかってても起きますよ」って（笑）。
細野　僕も手術のときに自分のアルバムがかかってたら嫌だなあ。
星野　でもとてもうれしかったです。気持ちがほぐれました。
細野　手術じゃないけど、こないだ、僕も似たような経験をしたな。

星野　どこでですか？
細野　あるおいしい中華料理のレストランに行ったんだよ。そこは、内装がまったく中華風じゃなくって、カフェみたい。インテリアの趣味もよければ、音楽の趣味がまたいいの。古いジャズなんかがかかっててさ。
星野　よさそう。行ってみたいです。
細野　いい雰囲気だなあなんて思いながら食事を続けてたら、後半になって、BGMが『HoSoNoVa』（11年）に変わった（笑）。
星野　へえ！
細野　急に緊張しちゃったよ。そしたら、厨房から店主が出てきて「いつも聴いてます」と挨拶された。
星野　そういうときって、リラックスできなくなっちゃうものですか？
細野　うん。特にあのアルバムは、いろいろとやり直したい点も多いからさ（笑）。
星野　話を戻すと、その手術の後、２週間ぐらい経ったタイミングで先生が回診に来たとき、僕は大事なことを聞いたんですよ。
細野　大事なことって？
星野　ちょっと恥ずかしいんで、回診スタッフのみんなが病室を出て行った後、先生だけを呼び止めて聞いたんですが……。
細野　だからなにを？
星野　「真面目な質問として、自慰行為はいつ頃から行ってもいいんでしょうか？」
細野　ハハハハ。
星野　実は、まだ食欲すら戻ってきてない時期だったんですけどね。
細野　**食い気より色気**（笑）。
星野　そしたら、その人がほんとにいい先生で、真面目な顔で「そうだなあ。……1カ月我慢しましょう」って。その言葉を聞いた瞬間、「1カ月かあ！」と落胆した。そこからの1カ月が、もう、たいへんでした（笑）。
細野　若いしね（笑）。
星野　我慢しましたよ。だから、退院してからはなにを見ても欲情してました。三越の婦人服売場のマネキンに欲情したときは、「俺はもう終わった……」と思いました。
細野　山上たつひこの漫画みたいだね（笑）。『半田溶助女狩り』みたい。もはや木の股を見ても欲情しちゃいそうだ。

星野　アハハハ。でも、本当にそうです。マネキンを見つめながら、これでも全然大丈夫、イケる！　って思いました。

細野　面白い。

星野　それまで、**1カ月我慢するという経験がなかった**ので（笑）。やはり、死を前にすると我慢せざるを得ない。

細野　まさに**エロスとタナトス**だね。

（2013年6月22日号）

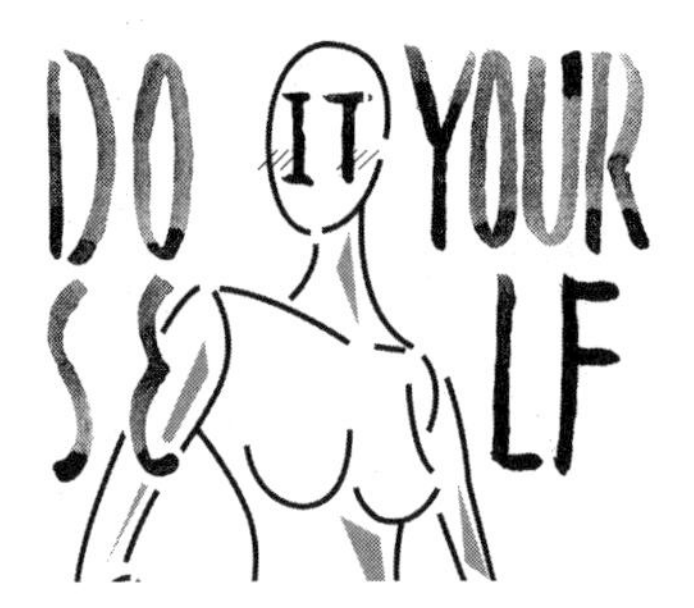

音楽

ライブ嫌いを直す方法を教えてほしーの！

星野　実は、ライブがあまり好きになれないんですよ。どっちかというと、レコーディングとかCDを作るのが好きで。

細野　同じだよ。

星野　ジャケットの打ち合わせなんかしてると楽しくて。とはいえ、ファンのみんなのことは知りたいから、となるとライブも大事だし、どうしたものかなあと。

細野　僕、**ライブが大嫌いだった**んだよね。

星野　大嫌いって話、聞かせてください。

細野　今まで、ほら、はっぴいえんどの頃からそうだったんだけど、スタジオで音楽を作ることが目的だった。

星野　ライブをやるためではなく、レコーディングするために。

細野　だから、はっぴいえんどのときはライブ用の練習をしなかったの。そのまま出てったら、「へたくそ」って言われた（笑）。

星野　でも、あの頃のライブ音源を聴くと、上手いなあって感心しちゃいますけど。

細野　でしょう（笑）。初めて出たときにバラバラだったの。その印象がずっと引き摺られちゃったんだね。本当はひとりひとり上手いのに。バンドって、やっぱり、練習しないとダメなんだよ。それで、ますますスタジオ・ワークが好きになっていったんだ。

星野　う〜む。

細野　スタジオで作り込んだ音楽をライブでコピーしようとしても、忠実にはできないから、欲求不満がつのる。でも、当時はみんなそうだったんだよ。「スタジオの音が再現できないから、コンサートをやめる」って、**ビートルズ先生が仰った**わけだから（笑）。さらに、ビーチ・ボーイズのブライアン・ウィルソン先生も「自分はスタジオ・ワークのほうが好きだ」と仰って、ライブに出なくなった。ツアーは弟たちや従兄弟に任せてね。

星野　自分も、そうすればいいんですかね。

細野　僕もそう信じてきた、つい2カ月くらい前までは。

星野　えっ⁉

細野　ここ2年ぐらい、東京シャイネス[*1]、そしてザ・ワールド・シャイネス[*2]とライブをやってきて、その度にその場で新曲を増やしてったの。飽きちゃうからね。で、この間出たアルバム『フライング・ソーサー 1947』(07年)は、ライブで積み重ねていった結果をスタジオで録った。初めての試みでね、今まで逆。

星野　一発録りに近い……。

細野　うん。そしたらね、演奏のノリがびっくりしちゃうぐらいすごいな、と思って。

星野　ほお。素晴らしいですね。

細野　ライブでやった曲をレコーディングする。これが自然なんじゃないかって。なんで、そこに気づかなかったんだっていう。YMO以来、緻密に作ったヤツを、ステージにデスクトップまで持ち運んでね、おまけにクリックを聴きながらやっていたのなんて、もう、もうイヤだなと思って(笑)。

星野　確かに。サケロックも一緒に出させてもらった福岡(初夏フェス)の演奏は、楽しそうでしたものね。あれは本当に感動的でした。途中で間違えたのも含めて……。

細野 そう。ライブって、昔は間違えたら立ち直れなかった。**今は間違えてもいいやって、**ユルい感じになって。僕はライブが嫌いじゃなかったってことに気がついた。

星野 なんだか少し気が楽になりました。

（2007年10月27日号）

＊1 細野晴臣&東京シャイネス……2005年、埼玉県狭山で行われた「ハイドパーク・ミュージック・フェスティバル」をきっかけに集まったメンバーで結成。その後、東京・京都・福岡で『HOSONO HOUSE』やはっぴいえんどの楽曲など歌モノを中心に単独公演を行った。その模様はDVD『東京シャイネス』（06年）に残されている。

＊2 ハリー細野&ザ・ワールド・シャイネス……2005年には東京シャイネス、2006年にはハリー・ホソノ・クインテットを結成し、様々なアーティストとセッションを重ねて来た細野の集大成ともいえるバンド。2007年に忌野清志郎、UAをゲストに迎えたアルバム『フライング・ソーサー 1947』を発表。

客席に背を向けてライブ演奏をしてもいい？

星野　今回は、先生にとってのライブの理想型を教えてください。

細野　なにより、まずは当の**ミュージシャン同士が楽しめなくちゃダメ**だと思うんだよね。ライブが他のエンタテインメントと違うのは、お互いの音を聴きながら作り上げていくという点にあるから。

星野　確かにその通りです。

細野　それを突き詰めると、バンドが車座になって演奏を楽しんでいるのをお客さんが観るという形になる。

星野　自分がサケロックでやりたいのもそういうライブなんです。メンバー全員が内側向いて演奏するのを、お客さんに観てもらいたい。

細野　サケロックはさ、もう好き勝手になんでもやっちゃうべきだよ。

星野　でも、サケロックのお客さんは、顔も見たいらしいんですよ。音を聴きに来るというより、どっちかというとキャラクターを見に来ている部分があって。

細野 音楽は二の次なの？（笑）

星野 こうなったら、全員が後ろ向いて演奏してやろうかとも思うんですけど（笑）。

細野 いいんじゃない。そういう風に、意図的になにかを仕掛けていかないとね。

星野 だけど、なかなか踏ん切りがつかなくて。

細野 大勢の視線が一身に集まるわけだから、ライブっていうのは不思議な体験だよね。あんなにじーっと見つめられたら、体に穴が開いちゃうよ。考えてみれば、「コンサートを観に行く」とは言うけど……。

星野 「聴きに行く」とはあまり言わない。

細野 やっぱり視線を注いじゃうんだよね。それはしょうがない。だから僕、コンサート観るのは好きじゃないの。実を言うと、ほとんど行ったことがないんだ。

星野 自分もほとんど行かないんです。適当な気持ちで観られるほうがいいですよね。

細野　うん。ライブを楽しくする最大の要素は、演奏する側のリラックスだから。観る側も絶対そこから影響を受ける。その点、会場選びは大事だよね。僕の経験上で言えば、九段会館は苦手だったな。到底リラックスすることができなかった。

星野　そうだったんですか。

細野　あのときは、観る側もまた緊張してたの。きちんと席に座った彼らから、その空気が舞台まで伝わってくるわけ。やっぱり、会場の雰囲気に問題があったのかなあ。

星野　先生の好きな会場というと？

細野　この7月にイベント（「細野晴臣と地球の仲間たち」）をした日比谷野音は昔から好きだよ。あとは、狭いクラブがいいね。

星野　そのほうがリラックスできますよね。

細野　そういえば、最近やっと気がついたんだけど、ライブっていうのは伸び縮みがあるからこそ面白い。その場のコンディションで変わるからね。今日は調子悪いなと思ったら、調子悪い演奏をしないと。

星野　逆らっちゃいけない。
細野　だから、気持ちに逆らわず、**後ろ向きたかったら向いちゃえばいいんだよ。**
星野　なるほど（笑）。
細野　こないだの福岡のライブでは、僕、早起きしすぎてすごく眠かったの。
星野　MCでも言ってましたよね（笑）。
細野　舞台上でメンバーに「寝てもいい？　いいって言えば寝るよ」って聞いたんだけど、誰もいいと言ってくれなかった。
星野　メンバーには逆らえなかった（笑）。
細野　まあ、ライブにはそのぐらい自由な気持ちで臨みなさいということ。
星野　今回も勉強になりました！

（2007年11月10日号）

音楽を作るには孤独な環境が必要ですか？

星野　今、アルバムの制作作業や、出演する夏の舞台用に膨大な量の曲を作らなきゃいけなくて、音楽仕事が重なっている状況なんです。そんなさなか、ふと気づいたことがありまして。

細野　なに？

星野　深夜にひとりっきりで作業することが多いんですけど、ふと「あれ、そういえば全然寂しくないな」って。

細野　**音楽作るときはひとりがいい**よ。

星野　やっぱりそうですか。

細野　うん、そうなんだよ。

星野　普通はひとりだと寂しいはずなんですけど。音楽を作っているときはむしろ楽しくて、曲も素直に出てくる気がするんです。

細野　たとえば、女の子と一緒にいたりしたら、彼女のために作っちゃうでしょう？

星野　ああ！

細野　まあ、それもひとつの手なんだけど。

星野　彼女がいると、自然と彼女の存在を意識して曲を作っちゃいますよね。

細野　でも、そうすると、**音楽の神様がやきもちを焼く**んだ。

星野　あ、なるほど（笑）。

細野　そして、神様はふたりを引き離そうとする（笑）。

星野　そうか～（笑）。

細野　だから、音楽家っていうのはみんな孤独だよ。ジョージ・ガーシュウィン[*1]もそういうところがあった。彼のことを好きだという女性を避けて、孤独の中、確か38とか39歳で、脳腫瘍で死んじゃうんだよ。コール・ポーター[*2]もそう。愛してくれた女性がいたのに、彼はゲイだから、孤独の中で音楽を作り続けた。

星野　でもそういう、音楽を作っているときの孤独な感じって、決して嫌じゃないんですよね。

細野　全然。孤独そうに見えて、実は孤独ではないからね。

星野　あったかい感じがするんですよね。
細野　あたたかさに包まれてるね。でも、見た目はほんと孤独だよ。
星野　カメラで撮ったら、孤独な感じに映ってるんでしょうね（笑）。
細野　僕は自分のスタジオに朝から晩までこもりっきりのことも多いけど、もし音楽がなければ、あんな場所、とてもひとりじゃいられないよ（笑）。
星野　すごくわかります。
細野　音楽は、作るときはひとりがいいんだけどね。けれども、**音楽を表現するときはみんなでやりたい**んだよ。
星野　まったくその通りです。
細野　そのギャップがまたいいんだよね。ところで、タム君っていう愛称のタイ人漫画家がいるじゃない？
星野　はい。ウィスット・ポンニミットさん。大好きです。
細野　彼も言ってた。常にひとりで漫画を描いてるから、その寂しさの反動で、時々人前でパフォーマンスをするんだって。
星野　実は、サケロックの「インストバンド」という曲のＰＶは、タム君に作ってもらったんです。それもひとりきりで作ったみたいですよ。本当に素晴らしかった。
細野　波長が似てるってことだ。
星野　この前も久しぶりに会ったんですが、不思議と波長が合う感じがしましたね。
細野　タム君の漫画は、止まっているのにアニメーションみたいに動いている感じを受けるんだ。心が動いてるっていうかね、複雑な心理が描かれているんだと思うよ。
星野　台詞がない漫画からも、伝わってくるものがありますよね。
細野　こないだ『レコスケくん』で有名な本秀康という漫画家の初期の単行本を読んだんだけど、彼の漫画からも、複雑なパーソナリティが伝わってきたなあ。

（2008年6月21日号）

＊1 ジョージ・ガーシュウィン……1898年米国ニューヨーク州ブルックリン生まれ、1937年没。ポピュラー、クラシック両方で活躍したアメリカの作曲家。ウディ・アレン監督の『マンハッタン』（79年）には、全編ガーシュウィンの音楽がちりばめられている。

＊2 コール・ポーター……1891年米国インディアナ州生まれ、1964年没。「ナイト・アンド・デイ」や「エニシング・ゴーズ」など、ミュージカルや映画音楽の分野で多くのスタンダード・ナンバーを残したアメリカの作曲家。

安易すぎるボサノヴァの流行について モノ申したい！

星野　作曲を始めた最初の頃って、いっぱいコードを使っていろんな展開で曲を見せていくのがいいと思っていたんです。
細野　最初はみんなそう思うんだよね。
星野　だけどその後はだんだん、どれだけ少ないコードで**どれだけシンプルに曲を作れるか**を考えるようになりました。とはいえ、どうしてもたくさんのコードを入れてしまうんですけど……。
細野　でも、それはそれで楽しいよ。曲の雰囲気ってコードひとつで変わっちゃうからね。世の中の楽曲を、フォークギター1本で3つぐらいのコードで弾くというのもつまんないよ。どんな楽曲も四畳半フォークになっちゃう（笑）。
星野　そうですよね……。
細野　今の曲は、それとは別の部分で勝負してるからさ。リズムとか、音のよさとか。ソウルやR&Bって特にそうだよね。
星野　なるほど。たとえば、すごく展開の激しい曲をどれだけシンプルにできるか試してみるのって面白そうですよね。そういういろんな作業を経て、それでも楽曲の魅力が失われないとしたら、その曲はものすごくいい曲だということなんでしょうね。
細野　そうだね。
星野　ワンコードでも聴ける、みたいな。
細野　うん、ワンコードで1曲作るというのはミュージシャンの夢だね。「ワン・ノート・サンバ」[*1]っていう曲はあったけど「ワン・コード・サンバ」はないもんね。……その夢は星野くんに任せることにしよう（笑）。
星野　え!?　任せちゃうんですか？
細野　そういえばこの間、大学時代に同級生だった友人がニューヨークから会いに来たんだよ。ずいぶん久しぶりだったんだけど、いきなり、「売れる気あるの？」って聞かれてさ（笑）。「あんまり考えたことがないよ」って答えたら、「これからはボサノヴァをやったほうがいいよ」って言うんだ。「なんで？」と聞き返したら、「ボサノヴァは男性も女性もみんな好きだから、売れるよ」だって（笑）。でも、僕には偏見があってさ、**ボサノヴァだけは絶対にやるまい**と思っているんだよね。

星野　実は、自分も同じ偏見が（笑）。最近、Ｊポップをボサノヴァにアレンジして柔らかい声の女性が歌うＣＤがすごく売れているらしいんですよ。

細野　やっぱり、ボサノヴァだと売れるんだねぇ（笑）。

星野　それを聴くたび、〝チキショー〟と腹が立って、日々こんなに苦労してるのに‼　と思って（笑）。曲も作らなくていいし、いい商売だなぁと思っちゃいます。とはいえ、やってる人が悪いんじゃないんですけどね。仕事だから。

細野　なんなんだろうね、あのカフェミュージックみたいな感じは。

星野　サケロックも、最初の頃はカフェミュージックと言われたこともあって。その頃はよく怒ってました（笑）。

細野　安易なボサノヴァは嫌いだねぇ（笑）。でも、本物のボサノヴァには好きな曲がたくさんあるんだよ。サンバというくくりまで広げれば、いい曲はさらに多いしね。

星野　あぁ、サンバのリズムって気持ちいいですよね。聴くと、「いいなぁ！」って思ってしまう。新しいリズムを作りたいなぁって思う気持ちが燃え上がります。

細野　音楽って発明の世界だからね。物理学の方程式なんかと似ているんだよ。

（2009年7月11日号）

＊1 「ワン・ノート・サンバ」……ブラジルのアントニオ・カルロス・ジョビンとニュートン・メンドンサによって1958年に作詞・作曲されたボサノヴァを代表するスタンダード・ナンバー。原題は「Samba de Uma Nota Só」。

星野源の〝父親トーク〟から探る幼少時代に影響を受けた音楽とは？

細野　星野くんのお父さんがやっているというジャズ喫茶、一度行ってみたいなあ。
星野　もし細野さんが来たりなんかしたら、親父、コーヒーカップを持つ手が震えると思います（笑）。
細野　お父さんはおいくつなの？
星野　えーと、親父が30のときに僕が生まれたので、今（2010年）、59歳になるのかな。
細野　**僕より年下**だ。じゃあ今、星野くんはお父さんより年上の人と話しているわけだ。
星野　言われてみればそうですね。
細野　ところで、お父さんはどんな人なの？

星野　オーディオ好きなんですよ。スピーカーやアンプに凝ったり。
細野　そうなんだ。日本にはオーディオ好きかつコーヒー好きっていう人は確実にいるね。
星野　コーヒーとオーディオ、レコードと車ですね……。
細野　じゃあ、お父さんの喫茶店にはいいスピーカーが置いてあるわけだ？
星野　はい。すごくいい音なんですよ（笑）。昔、自宅にも、すごくでっかいスピーカーが置いてあって。そこでジャズをかけていたんですが、子ども心には苦手だったけれど、今では感謝してます。
細野　なるほど。
星野　ジャズばかりの中でときたま、親父が井上陽水とかかけるんですよ。
細野　そうなんだ。
星野　そういや、こないだNHKで井上陽水さんのデビュー40周年記念番組を再放送していたの知ってます？
細野　ああ、やっていたね。
星野　井上陽水としてデビューする前、陽水さんはアンドレ・カンドレという芸名でポップソングを歌っていたんですよね。その事実にすごい衝撃を受けました。

細野　はいはい、そんなこともあったね。

星野　その番組を観た後に調べたんですが、日本初のミリオンセラーを記録したアルバム『氷の世界』（73年）では、細野さんもベースを弾いてるんですね。

細野　**……そうだっけ？**

星野　弾いてますよ！（笑）

細野　まあ、なんか覚えがあるような……。

星野　記憶にないんですか！（爆笑）

細野　しかし、フォークとジャズの両方が好きって、なかなか珍しいよね。

星野　世代的に、両親はフォークを通っているんです。

細野　ああ、そういうことか。

星野　そんな影響なのか、作る曲に４ビートが多くて。

細野　体に染み込んでいるわけだね。

星野　当時は、うんざりするぐらい聴かされましたからね。

細野　「門前の小僧習わぬ経を読む」だ。

星野　理論はまったくわからないんですけど……。細野さんは、小さい頃ジャズを聴いたりしたものですか？

細野　ジャズは通っていないんだよ。

星野　小さい頃からたくさんレコードを聴かれていたというのに、それは意外ですね。

細野　アメリカのヒットソングなら、なんでも聴いたんだけどね。その流れで、アート・ブレイキー[*1]にはちょっと興味を引かれたな。僕が小中学生の頃はファンキージャズのブームで、彼はよく来日していたんだ。

星野　どんなところに惹かれたんですか？

細野　テレビなんかで観ても、ファンキージャズはポップに聴こえたからね。

星野　「モーニン」なら弾けます（笑）。アート・ブレイキーといえば、**ちょっと面白い話**があるんです。

細野　次回はその話から聞かせてよ。

（２０１０年5月29日号）

＊1 アート・ブレイキー……1919年米国ペンシルベニア州ピッツバーグ生まれ、1990年没。ジャズドラマー。35年間にわたってジャズ・メッセンジャーズのリーダーを務め、このコンボから多くの優れたジャズマンを輩出した。親日家として知られ、1961年の初来日以降、何度も日本で演奏を行っている。

星野家とアート・ブレイキー家の不思議な関係から、ジャズ談義へ。

細野　この間の続きで、アート・ブレイキー絡みのちょっと面白い話ってのを聞かせてもらえないかな。

星野　はい。うちの母親、若い頃はよくひとりでアメリカに行ってたらしいんです。

細野　へえ～、それはカッコいいね。

星野　ある日、旅先の写真を見せてもらってたら、「**私の友だちだよ**」って指差したのが、アート・ブレイキーだったんです。

細野　え？　そうなの？　両親共に、ジャズのすごいシンパなんだ！

星野　たまたま会ったら、アート・ブレイキーの奥さんが日本人だったこともあって。

細野　そう。彼って有名な親日家だよね。

星野　母親とブレイキー夫妻ってなんか馬が合ったみたいで。アート・ブレイキーも20年くらい前に亡くなっちゃったから、さすがに今はもう交流はないみたいですけど。

細野　う〜ん、面白い話もあるもんだね。ところで、星野少年の体に染み込んだジャズってどの辺だったんだろう？

星野　ビル・エヴァンス[*1]とか、セロニアス・モンク[*2]とか……。なにが一番好きだったのかなあ。

細野　モンクはね、僕も気になったんだよ。そんなに詳しい知識はないんだけどね。

星野　確か、『ホソノ　ボックス　1969−2000』（00年）に、「ブルー・モンク」のカバーがちょろっと入ってましたよね。

細野　そうそう。**中学1年のときの演奏**でさ。聞きかじりでね、ピアノを弾いていたやつを、なぜか録音してたんだよ。

星野　あれを聞きかじりで出来るなんて、細野さんはやっぱりすごいですね。

細野　いや、いいメロディってポンと飛び込んでくるもんなんだよ。でも、アドリブは耳に入って来ないの。だから、リフしか知らない。それで、即興からテーマに戻って来るとホッとするっていうか（笑）。

星野　わかります、わかります（笑）。十何分ある曲の真ん中のアドリブの意味があんまりわからないんです。たまにブレイクして、ドラム・ソロになると、「あ、カッコいい」って思うこともあるんですけど。

細野　しかもね、拍子を数えちゃうの。このプレイヤー、正確にやってるかどうか。

星野　ハハハ。

細野　みんな崩すからね、ジャズの人ってすごいなあと思って。

星野　ホント、よく戻れますよねえ。そう言えば、ジャズに救われたというか、そういうことがあったんですよ。

細野　神経症っぽい時期があったんだよね？

星野　ええ。（ジョージ・）ガーシュウィンの『ポーギーとベス』ってミュージカルがあるじゃないですか。あの中の「アイ・ラヴ・ユー・ポーギー」を、ニーナ・シモン[*3]がファースト・アルバムの中で、全然違うアレンジで歌ってるんですけど。

細野　うん。あの強烈な声の女性だね。

星野　参ってる自分に、親父が聞かせてくれて、なんかすごくいい曲だなあと思って。
細野　ああ、**ジャズが癒してくれた**んだね。
星野　そうなのかもしれません。
細野　やっぱり、大事な音楽なんだ。
星野　そうですね。あと、好きなのはガーシュウィンがソロでピアノを弾いてる音源で。
細野　あ、それ、僕も持ってたよ。今すぐ見つかるかどうかわからないけど（笑）。ピアノがめちゃくちゃ巧い。とても2本の手で弾いてるとは思えないくらい。
星野　本当にひとりで弾いてるかどうか疑いたくなるほどです（笑）。自分にとっては**パンクに聴こえる**というか。普通じゃない。
細野　普通じゃないよね。

（2010年6月12日号）

＊１ビル・エヴァンス……１９２９年米国ニュージャージー州生まれ、１９８０年没。モダンジャズを代表するピアニスト。代表作は『ポートレイト・イン・ジャズ』（59年）。

＊２セロニアス・モンク……１９１７年米国ノースカロライナ州生まれ（間もなくニューヨークに移住）、１９８２年没。40年代初頭よりジャズ・ピアニストとして活動を開始。マイルス・デイヴィスの演奏で有名な「ラウンド・ミッドナイト」の作曲者でもある。

＊３ニーナ・シモン……１９３３年米国ノースカロライナ州生まれ、２００３年没。ジャズ・シンガー。映画『トーマス・クラウン・アフェアー』（99年）、『インランド・エンパイア』（06年）で印象的に使われた「シナーマン」も彼女の歌声。

細野と星野の母の不思議なつながり、そして、『ウチくる⁉』出演の野望。

星野　細野さん、ソロアルバムのレコーディングのほうはいかがでしょうか？
細野　まあ、ぼちぼちという感じかな。
星野　確か、カバーは何曲までとか、縛りがあったんですよね？
細野　うん。でも、たとえば、ライブで披露した「ロンサム・ロードムービー」とか、カバーに聴こえるらしいんだよね。アッコちゃん（矢野顕子）とは、正反対なんだよ。彼女はカバーをやっても、オリジナルに聴こえてしまうじゃない？
星野　細野さんは、オリジナルをやっても、カバーに聴こえてしまうんですね。
細野　でも、逆にそのほうがうれしいんだよ。「誰のカバーですか？」って尋ねられたことがあるの、テクノ系の「ボディスナッチャーズ」（84年）のアレンジをカントリー＆ウエスタン風に変えてザ・ワールド・シャイネスで演奏したら、若者が反応してね。でもカバーなのかオリジナルか**自分でもよくわからなくなってる**（笑）。

星野　それはいい話ですね。……あ！　そう言えばこの間、細野さんとうちの母の共通点が見つかったんですよ。

細野　いいね。聞かせて、聞かせて。アート・ブレイキー夫妻とも親しかった、ジャズ歌手志望だったお母さんだよね。確かマーサ三宅さん（ジャズボーカリスト。大橋巨泉の最初の妻）のジャズ教室にも通っていたという。

星野　それが、マーサ三宅さんの前に、ティーブ・釜萢（かまやつ）さん（ムッシュかまやつの父）にも習っていたって言うんですよ。

細野　えええ！

星野　**細野さんとつながった！**　と思って。僕、『PARAISO（はらいそ）』（78年）の中で、ティーブさんが歌っている「ジャパニーズ・ルンバ」を聴きまくっている時期があって。

細野　すごい！

星野　母は普通に〝ティーブ〟って呼んでました（笑）。習った期間は短かったようなんですけど。

細野　それって、いつ頃の話なんだろう？
星野　母が20歳ぐらいのときだったと思うので、38年ぐらい前ですかね。
細野　僕が、「ジャパニーズ・ルンバ」をカバーしてもらったのが、ティーブさんがまだまだ現役だったから、その数年後になるってことなんだね。僕、**星野くんのお母さんにますます興味が出てきたよ**（笑）。ところで、どんなレパートリーだったんだろう？
星野　スタンダードだったそうですよ。
細野　ポピュラー寄りだよね。う〜ん。でもお母さんも、それからピアノを弾いていたというお父さんも団塊の世代だよね。普通は、大体、ビートルズへ行くよね。
星野　そう……ですよね。でも、両親の知り合いとか、ジャズ仲間みたいな人たちが周りに結構いたんですよ。だから、そういう環境が自然だと思っていて。

今になってみると、不思議なんですけど。

細野　本当に音楽一家なんだねえ。そう言えば、ちょっと前に、誰かと〝星野くんのお父さんがやってるジャズ喫茶に一度行こう！〟と話していたところなんだよ。

星野　ぜひ。大歓迎です。

細野　行きたい！　ぜひ、行きたい！

編集部　『TV Bros.』の企画でお邪魔するのもありですけど、星野さんに『ウチくる!?』[*1]へ出演してもらうのもいいですよね。中山秀征さんと久保純子さんが星野さんと、お父さんのジャズ喫茶へ行くと――。

細野　**僕がカウンターに座ってる**（笑）。

星野　いいですね、それ。じゃあ、『ウチくる!?』に出るのを目標にします（笑）。

（２０１０年10月2日号）

＊１『ウチくる!?』……１９９９年４月からフジテレビ系列で放送されているバラエティ番組。久保純子は２０１１年８月21日放送分で降板し、現在のＭＣは中山秀征と中川翔子。

〝事象の地平線〟にみる〝地平線の相談〟的音楽論。

細野　年齢を重ねることは面白いなあと、最近、ほんとによく思うんだ。
星野　一体、どんなきっかけからそんなことを思ったんですか？
細野　何年前だったかな。はっぴいえんどのトリビュートライブに呼ばれたとき、ちょうど、楽屋でスケッチ・ショウ[*1]のマスタリング音源を聴いていたんだよ。現在の自分の作業を行いながら、袖からは、はっぴいえんどをカバーする歌声が聴こえてくる（笑）。
星野　複雑な状況ですね。
細野　なにこれって感じだよ。過去の自分からすごく遠い場所まで来たつもりが、隣には、はっぴいえんどがいる。変だなあ、以前は直線的に物事が進んでいたのが、だんだんそうじゃなくなってきたんだなと悟ったんだ。
星野　なるほど。

細野　星野くんは、〝**事象の地平線**〟っていう言葉、知ってる？
星野　知らないです。どういう意味ですか？
細野　天体物理学の概念なんだよ。英語で言うと、〝イベント・ホライゾン〟。ブラックホールの中に入ると、それ以前の物理法則が崩壊するじゃない？　そこで起こることに関しては、科学者も研究のしようがない。その境目を、事象の地平線というんだ。
星野　へぇ〜。勉強になります。
細野　音楽の世界も、今、事象の地平線にさしかかっていると思う。シンプルに言うと、そこで面白いことをやり続けていないと、音楽なんてできないわけだよ。バンドなら解散できるけど、**個人は解散できない**から。
星野　確かに（笑）。
細野　面白さは、常に自分の中に持っていなくちゃいけないんだけど、そんなの、意図的に持とうと思っても持てるものじゃないし、なくなっちゃうこともある。すると、すごく醒めた感じになっちゃうんだ。
星野　はい、よくわかります。
細野　つい10年前までそんな気持ちだったんだし、あらゆる音楽はもう全部聴き尽くしたなって白けた感じだったの。ところが、それは無知だということが最近わかった。新しい音楽に発見はないんだけど、古い音楽には発見がいっぱいあるんだよ。これは〝今までにはない体験〟なんだよね。

星野 自分は２０００年にバンドを始めたんですが、その頃、もう直線的な時代じゃないっていうのは感じていました。

細野 すごいなあ。

星野 立ち止まっているというか、前じゃなくて周りに広がって行くというか、今までの立体の法則が変わってきた感じがあって。あまり大きな流行の存在しない時代になにかを始めようとしてしまったので、モチベーションの持ち方みたいなものを見つけるのに、ものすごく時間がかかったんですよ。

細野 そうだろうねえ。今の人って、みんなそうなんだろうと思うよ。

星野 時代の波がない中、いろいろともがきながらサケロックでやってきて思ったのは、さっき細野さんがおっしゃったように、**面白いことというのは常に自分が考えないとダメ**なんだろうなって。もう、時代が協力してくれないという感じがあるんですよね。

細野 うん。

星野　だから、**ゼロ年代って言うのはやめたほうがいい**。今、軸は、年代じゃなくてそれぞれの個人にあると思うんです。
細野　まったくその通りだね。
星野　縦じゃなくて横の広がりということなんでしょうね。だからこそ爆発的なヒットは生まれにくいんだろうけど、その人その人の世界が横一列にぶわーっと並んでいて、それは面白いんじゃないかと思うんです。
細野　いいこと言うねえ。

（2010年7月24日号）

*1　スケッチ・ショウ……2002年、高橋幸宏と細野の二人が、YMO以来初めて結成したバンド。

細野が明かす悩みの種……。そして陥った〝関係ない病〟とは⁉

細野　最近、ジャズばっかり聴いてるんだ。といっても、1940年代のなんだけどね。

星野　モダンジャズの前ってことですね。

細野　うん。モダンじゃないやつ。

星野　実は自分も、**いつかジャズで歌いたい**と思ってるんです。

細野　へえー、驚いたな。

星野　それも、お洒落なのじゃなく、モサモサとした、どんくさいやつを歌いたいんです。

細野　いいねえ。僕も、ブギウギとか、即興演奏的なものをやりたいと思ってるんだ。

星野　いいですねえ。

細野　僕も歌うつもりなんだけど、他にもブギウギを歌える人がいないかなってずーっと考えてたの。でも、いないんだよね。いるとしても、なにかちょっと怖い人だったりして。
星野　怖いって、どういう意味ですか。
細野　**高いとかね、ギャラが**（笑）。
星野　なるほど（笑）。
細野　お金以外にも、機嫌損ねちゃまずいとか、いろいろあるんだけど。
星野　難しいところですね。
細野　古いブギとか、ニューオーリンズとかのカバーを歌えるような知り合いって、久保田麻琴くんぐらいしか浮かばないんだ。そこで思ったんだけど、歌に限らず、**ミュージシャンの人材の層がさ、この国は薄い**よね。
星野　ああ……。
細野　その点をどう解決したらいいのかっていうのが、僕からの相談！
星野　そんな悩みを⁉　重いなあ……。
細野　ニューヨークに行くと、上手いミュージシャンがうじゃうじゃいるわけ。特に、ジャズに限らないけど、ブラス系とかさ。

星野　そうですよね。ところが、日本でそういう人をスタジオに呼ぶと、やたらお金がかかりますよね。
細野　そうなの。トランペットなんか、上手なベテランの売れっ子ミュージシャンはいるんだけど、そういう人はスタジオ専門で、時間単位で高いギャラを取るからね。
星野　そう、1時間いくらの仕事ですもんね。
細野　ダビングするとまたいくらとかね。確かに上手いんだけど、そういう割り切ったやり方をされると、こっちもいわゆる仕事の気分になっちゃうじゃない？
星野　確かに。
細野　だから、あくまでも仲間としてやれるミュージシャンがもっといたほうがいいと思うんだけど。
星野　わかります。
細野　とにかく、ミュージシャンの層の薄さは悩みの種。そのことを考えると、僕らは、西洋を中心とする音楽文化の片隅にいるんだなあっていう気持ちになったりもする。

星野　深い話ですね。

細野　自分自身のことでも妙な気持ちにさせられることがある。

星野　それは？

細野　たとえば、テレビでソウルの歴史を紐解く番組を放送していたりするじゃない？　でも、公民権運動のこともよく知らない自分は、その成り立ちの部分とは関係がない。

星野　俺も全然詳しくないです……。

細野　つくづく関係がないと思ったよ。レイ・チャールズ[*1]、サム・クック[*2]、ジェームス・ブラウン[*3]……、連綿と続く黒人音楽からこんなに影響を受けていながら、自分の人生自体には関係がない。そうしたら、〝**関係ない病**〟**に陥っちゃったん**だ。

星野　悲しいと思ったわけですか？

細野　いや。悲しいとかいう感情の問題じゃなくて、事実、関係ないところでやってきたんだなって現実を再認識した。

星野　その話、次回も聞かせてください！

（2010年8月21日号）

＊1 レイ・チャールズ……1930年米国ジョージア州生まれ、2004年没。6歳のとき緑内障のため失明するというハンディを背負いながらも、歌手・ピアニストとして活躍。ソウルの神様と呼ばれる。日本ではサザンオールスターズの「いとしのエリー」をカバーしたことでも有名。

＊2 サム・クック……1931年米国ミシシッピ州生まれ。ゴスペルグループでアイドル的存在になった後、1957年にソロデビューし、R&B歌手に転向、ソウル／R&B界のスターになるが、1964年、33歳のとき、LAの安モーテルで射殺死体となって発見された。

＊3 ジェームス・ブラウン……1933年米国サウスカロライナ州生まれ（1928年テネシー州生まれの説もあり）、2006年没。「ファンクの帝王」と呼ばれたソウルシンガー。通称JB。ステージ上で倒れるがマントをかけられると復活して再び歌い始める「マント・ショー」の演出も話題に。

〝関係ない病〟を自覚する細野は、ホンモノじゃない人のホンモノだ⁉

星野　この間の〝関係ない病〟の話の続きをお聞きしたいんですけど……。

細野　「連綿と続く黒人音楽からこんなに影響を受けていながら、自分の人生自体には関係ない」という病のことだね。

星野　でも、別に悲しくはないんですよね。

細野　うん。現実を再認識しただけだから。教授のＮＨＫの番組（『スコラ坂本龍一音楽の学校』ドラムズ＆ベース編）でも話したけど、洋楽の誰それがカッコいいとか、そういう流れで来ちゃったわけ、日本のロックは、はっぴいえんどはちょっと外れていたけど、基本的には同じ。唯一、**ＹＭＯだけは「関係ない」を意識してやり出したん**だよ。

星野　あー。

細野　たとえば、クラフトワーク[*1]を聴いて、「ヨーロッパの深い伝統から生まれてきた鋼のようなコンセプトにはかなわない。だから僕らは紙のように軽薄でいいや（笑）」と思ったの。開き直り？　それが、まあ、よかったのかな。でも、僕のソロでは40年代のカントリーをやったりね。これ、アメリカで演奏したら、どういう反応があるのか興味があって。客席から座布団が飛んでくるのかな、とか。

星野　アメリカで座布団が飛んできたら、それはそれですごいことです（笑）。

細野　だから、ずっとそう思っていた。原点にはどうしても戦争があるんだ。敗戦で進駐軍が来て、そこから今に至るから。戦後2年経って生まれて、知らない間にアメリカ文化を刷り込まれた。でも、それってルーツのある文化じゃない。なんて言ったらいいんだろう……〝音楽的統合失調症〟って呼んだらいいのかな？　ずっと悩んでいたわけじゃないんだよ。そういう現実の中でここまで来ちゃったんだなっていう実感がね、このところ強い。

星野　自分は、戦争とか人種差別とか、あと、つらいことを乗り越えるためとか、成り立ちはいろいろあっても、音楽自体はそういうのと関係なく聴こえる表現が好きで。

細野　うんうん。

星野　前も話しましたけど「ゼロ年代という括りはいらない」というのも、音楽を時代で語る必要がもうないと思ったからなんです。様々な音楽が横並びで存在するような状態、時代的な流行がない、でもだからこそ**純粋に音楽の本質が楽しめるいい時期**がやっときたんだと。あと、ひとつのジャンルを真摯に追いかけてる人は「ホンモノ」と呼ばれますけど、あまり納得がいかなくて。俺は、一見様々な音楽をつまみ食いしてるように見えるけど、その人でしかありえないような表現をしている、なぜか専門家や批評家の方からはニセモノ、軽薄と呼ばれてしまっている人のほうが好きだったりします。

細野　僕もそうなんだよね。あのホンモノじゃないモノに惹かれてしまう（笑）。

星野　自分が思うのは、細野さんは、ホンモノじゃない人のホンモノなんですよ。

細野　それって褒められてるの？

星野　だから、細野さんの音楽が大好きなんです。どんな種類の音楽をやっていても、そこにいるのは細野さんでしかないんです。憧れに飲み込まれてない。自分もそういう人になりたいし、そういう音楽がもっと増えればいいのにと思っていて……。

細野 そういう意味では、星野くんも面白い。サケロックも変だし（笑）、ユニークだと思う。この国でしか生まれないでしょ。

星野 でも俺、細野さんがホンモノのほうも気にしている感じも好きなんです。

細野 ハッハッハ。

星野 〝中途半端〟って言葉は、響きとかイメージはあまり良くないけど、実際どこにも寄りかかっていないってすごいことだと思うんです。「俺は俺だ」とか「俺なんかダメだ、本物に近づこう」っていうんじゃなくて、「僕の音楽だっていいもん」みたいなくらいの感じが素敵です。

細野 そう。その〝中途半端〟な状態を〝音楽的統合失調〟っていうの。

星野 それを持続するのって、死ぬまで安心できないから、すごく辛いと思うんですよ。でも、それが、ちゃんと生きるっていうことだと思うんです。

細野 う〜む。今日は勉強になったなあ。

（２０１０年９月４日号）

＊１ クラフトワーク……ドイツの電子音楽グループ、テクノの神様集団。前身のバンドを経て１９７０年に結成。バンド名は「発電所」の意味。

ギターを始めた孫を見つつ、自らの音楽開眼を振り返る。

星野　……さっきから、対談中の僕らの後ろを、ギターを抱えた小学生らしき男の子ふたりが頻繁に行き来するんですが。

細野　ああ。実は、最近、**孫がエレキギターを買っちゃって。**

星野　おお、すごい！

細野　クラスメイトもエレキを持ってて、一緒に、僕のプライベートスタジオのブースで、なんかやり始めてるんだよね。僕には一切聴かせてくれないんだけど。

星野　みんなギターなんですか？

細野　そう、**全員ギターでユニゾン**。でも、僕が中学生のときもそうだったから。遺伝子というのは恐ろしいな。

星野　血は争えませんね。

細野　僕が中学1年の頃、ちょうどエレキブームだったの。ベンチャーズの「ウォーク・ドント・ラン」とか、みんなコピーしてた。僕も、ギターばっかりクラスメイト3人集まってやってたなあ。同じ図なのよ。
星野　なるほど。
細野　ちゃんと厳しく言ったつもりなんだけどね。ギター買うならまずナイロン弦で、チューニングから始めろってさ。
星野　厳しいですね。
細野　ところが、いきなりディープ・パープルだの言ってるから。
星野　今でもやっぱり、まずはディープ・パープルなんですね。
細野　古典だよね。お手本なんだろうね。
星野　僕も最初はそうでした。「スモーク・オン・ザ・ウォーター」の、♪デッデッデ〜っていうイントロを弾きましたね。
細野　やっぱりそうなんだ。割と入りやすいんだろうね。
星野　僕も、親父がベンチャーズの影響を受けた第一世代なので、ギターを始めるときは、父親が持っていたタブ譜[*1]を引っ張り出しました。中1の頃でしたけど。

細野　みんな中1なんだ。
星野　その後、歌本を買ったりして。
細野　そういう体験があって、今がある。考えてみれば、僕もそうだったもんな。
星野　その頃は、母親が車で出かけるとき、必ずカーステレオでユーミンをかけてたんですよ。だから、僕はほんとに小さい頃から細野さんのベースを聴いてたんだなと。
細野　でも、星野くん、**ベースやってないよね？**
星野　あ、やってないです（笑）。
細野　最初からベースって人はいないよ。
星野　細野さんも、最初はギター。
細野　僕は、みんなのチューニング係をやってたわけ。全員リードをやりたがるから、自分はサイドに回ってね。みんなが下手糞なリードをやるのを、厳しい目で見てた。
星野　職人の視線ですね。
細野　そう。誰もベースを弾きたがらないんだよ。だから、誰かがベースを買ったという情報を聞きつけて、そいつからベースを借りて、初めて実物に触った。ブライアン・ウィルソンもベースだし、ポール・マッカートニーもベースだし、**僕の憧れるミュージシャンはみんなベーシスト**だから、ベースも悪くないかなと思ってね。

星野　カッコいいですよね。だから、自分も細野さんに憧れるようになってから、なんでベースをやらなかったんだろうって、すごく後悔していたんです。

細野　ベースをやると職種が変わる。シンガーじゃなくてミュージシャンになっちゃうんだよ。だから僕は、歌い出すまですごく時間がかかった。ベースをやってると、歌うなんてことは考えたこともなかったから。

星野　俺はギターなのに、本格的に歌い始めたのは一昨年ぐらいで……。

細野　そうだ、考えてみれば遅いよ！（笑）

（2012年7月7日号）

＊1　タブ譜……ギター専用の譜面のこと。

メディアとしてのCDの危機をユーザーの立場から語り合おう。

星野　最近思うんですが、なにか音楽を聴こうとすると、部屋のCD棚にその音源があることが確実にわかっているにもかかわらず、**iTunesやYouTubeのほうに手が伸びがち**なんです。それが、すごくマズいなと思っていて。
細野　そう、CD棚を探し回るよりもPCで検索しちゃう。最近はずっと続いてきたCD時代の節目をひしひしと感じてるよ。
星野　そうかもしれないですね。
細野　今思えば、CDが出てきたとき、最初は横目で眺めてた感じだったじゃない？
星野　あ、そうだったんですね。
細野　……ああ、星野くんの世代は、**物心ついた頃にはすでにCDがあったわけか**（笑）。

星野　はい（笑）。ただ、ギリギリ、アナログとカセットがレコード屋さんの店頭に並んでいた風景の記憶はあります。僕が小学校低学年の頃、それらがちょうどCDに切り替わっていったのかな。

細野　YMOやってる真っ最中、「アメリカではこういうものが発売されるよ」とスタッフの誰かが見せてくれたのがYMOの『BGM』（81年）だったかなんだかのCD盤だったの。

星野　それを見てどう思いました？

細野　こんなものがあるんだと、ただただ、へえー、ふうーん、と思った（笑）。上着のポケットに入るサイズだと聞かされたよ。

星野　当時は、新しいメディアに対する期待とか、特になかったんですか？

細野　最初は、すごく抵抗があったね。

星野　たとえばどんな点に関してですか？

細野　**A・B面がないんだ**、とか。それまで長い間、ずっとアナログでやってきたから。

星野　そうですよね。アナログ好きだったし、初めてCD出すとき、自分ですら抵抗ありましたから。

細野　結局はＣＤ時代になっていくんだけど、当初は距離を置いてた。**ＣＤは10年ぐらいの寿命しかないという説**もあったし。

星野　その噂、聞いたことがあります。

細野　だけど、２０１２年現在、問題はそこにはない。単に、ＣＤ棚まで行って曲を探すのが面倒で面倒で仕方ないだけ（笑）。つまり自分の問題。

星野　その距離感っていうのがすごく気になるんです。

細野　ジャケット開いたまま、裸のディスクがあちこち散らかっちゃう。

星野　そう（笑）、そうなんですよねー。

細野　見つけたと思ったら、肝心の中身が入ってなかったりとか（笑）。

星野　よくあります（笑）。

細野　だから、全部パソコンの中に入れておきたくなる。

星野　棚自体がすべてパソコンの中におさまっているという状態ですね。

細野　そう。その快感のほうが、でかいＣＤ棚を買って眺める快感よりもずっと強い。

星野　確かに。配信の音質も、ＣＤを超えるものがこれから出てくるらしいですよ。

細野　まだヒドイのもあるけど、日進月歩だね。
星野　ＣＤはほんとになくなるんじゃないかと、ちょっと危機感を抱いています。
細野　実を言うと、震災以後ＣＤショップに足を踏み入れてなかったんだよ。
星野　ほんとですか？
細野　以前はしょっちゅう通ってたのにね。行っていない間に、店も変わっちゃった。マニアックな品揃えだったコーナーが無くなってたり。
星野　あ、渋谷のショップのことですね（笑）。５階の隅にあったあのコーナーはお客さんも少なくて、ある種、憩いのスペースでしたよね。
細野　唯一ホッとできる場所だった。月に１回は必ず行ってたんだけどね……。でもそのショップは年内にリニューアルするみたいで期待してるんだ。また通うことになるかも。

（２０１２年８月18日号）

こころ

小学校の先生から受けたトラウマを語り合いたい！

星野　この間最終回を迎えたドラマ『未来講師めぐる』（テレビ朝日系列）は、進学塾が舞台のドラマだけあって、撮影現場に小学生の子役がいっぱいいたんですよ。

細野　生徒役ってことだね。

星野　みんなすごく礼儀正しいんです。共演者である初対面の僕に近寄ってきて、「○○です。よろしくお願いします」ときちんと挨拶してくれる。俺、この年の頃はこんなことできなかったよなと（笑）。

細野　星野くんはどんな小学生だったの？

星野　3年生のとき、ウンコを漏らしました（笑）。その後、あだ名が〝ウンコ〟になって、ちょっと人生が狂い始めて。

細野　それはかわいそうだなあ。

星野　体育の時間にマラソンしてたらお腹が痛くなっちゃって、先生の許しを得て校舎のトイレに走ったんです。でも、間に合わず、下駄箱のところで漏れちゃって。

細野　もう少しだったのに、悲しいねえ。

星野　白い短パンの隙間からサーッと出てきちゃったんです。これ、ばれたら絶対にいじめられる。やだ！　ってパニックになっちゃって、とりあえず脚についたウンコをサッとすくって、シャッ！　と投げたんです。そしたら壁にバッ！　ってウンコの線が（笑）。

細野　不可抗力だし、そりゃ混乱するよ。

星野　なんとかトイレに駆け込んだはいいものの、体操着は汚れちゃってるし、どうすればいいか個室の中で途方に暮れていたんです。そうこうするうち体育の時間は終わり、勘のいい友だちが、自分が入ってる個室のドアに乗り上げて覗いてきて「源がウンコもらしてるぞー！」って（笑）。

細野　そしてどうなったの？

星野　そこに、担任だった女の先生がやってきて「星野くん、全部服を脱いで裸になりなさい」と言って、いきなりホースの水を浴びせて全裸の俺を洗ったんです。しかも、みんなが見てる目の前ですよ。ものすごいトラウマが残りました。

細野　ひどい先生だなあ。

星野　でも、そのときまでは優しい先生だと思ってたんですよ。**いい人に見える人が必ずしもそうではない**んだと、あの一瞬でちょっと社会を学びましたね。

細野　人間不信に陥ってもおかしくない。

星野　この件が過激ないじめに発展することはなかったんですけど、それまでは調子に乗ってふざけたりする子どもだったのが、急におとなしくなっちゃいましたね。

細野　僕にも似た経験があるよ。

星野　細野さんもウンコを……？

細野　いや、ウンコは漏らしてない（笑）。僕も、小学4年生まではお調子者って呼ばれるような子どもだったの。自分じゃそんなつもりはなくて、照れ隠しでいろいろふざけてるだけだったんだけど。

星野　その気持ち、わかりますよ。

細野　ところが、新しい担任の教師に、僕は図に乗る生徒として目を付けられちゃった。そのうち、容姿にまで口出しされるようになったんだ。「なんでお前は目と眉毛の間がそんなに離れてるんだ」とかさ。
星野　ひどい！　小学校の先生がそんなこと言うんですか？
細野　そう。まあ、当時はそんなの気にしなかったんだけど、子どもながらにどこか深いところで傷ついてたんだろうね。その後、調子に乗るのはやめようと思って、確かに僕もだんだん暗くなっていった。
星野　ただ、子どもの頃そういう経験が皆無だった人は、幸せなのか、そうじゃないのか、ちょっとわからないなあと思って。
細野　今は笑って話せるんだから、**僕らは貴重ないい経験をした**ってことなんだよ。

（2008年3月29日号）

知らない自分や知らない音楽に出会いたい！

細野　僕ね、この秋（２００８年）に公開される映画『グーグーだって猫である』の音楽を担当したんだよ。

星野　監督は犬童一心さんで主演は小泉今日子さんでしたっけ。

細野　そう。それで、この機会に大島弓子さんの原作漫画を初めて読んでみたわけ。

星野　普段、漫画はあまり読まないんですか？

細野　結構読むよ。ただ、少女漫画の部類はなかなか手が出なかったからさ。

星野　それで、お読みになった感想は？

細野　すごく面白かった。今頃になって大島さんの世界にハマっちゃってさ、結局全集まで買っちゃったんだ。犬童監督には、「遅いよ。30年遅れてる」なんて言われちゃったんだけど（笑）。

星野　去年公開された犬童監督の『黄色い涙』の音楽はサケロックで制作したんですけど、当時犬童さんが「『グーグー』の脚本を書かなきゃ」と言ってたのを聞いたから、あの漫画を読み始めたんです。『グーグー』、ほんとに面白いですよねえ。

細野　僕ね、大島さんの世界に触れてから、自分の中に今まで放っておいた**乙女心が急に姿を現してきたん**だよ。

星野　へえー（笑）。その乙女心って、具体的にはどういうものなんですか？

細野　**ふたりっきりなら話せる**（笑）。

星野　じゃあ、今度こっそり。女子中学生みたいに深夜電話しますよ（笑）。

細野　ずうっと放ったらかしにしてたから、僕の乙女心は全然ナイーブすぎるの。ヘナチョコなんだよ。だから、大島さんの漫画を読んで乙女心を勉強してるんだ。

星野　そうなんですか。

細野　60になっても、自分の中にはまだ知られざる弱い部分があることがわかってきた。最近、プライベートな場面で、放ったらかしにしておいたその部分を使う必要性が生じたんだ。恐れおののいている自分に出会ったよ。

星野　自分の扉を開けたわけですね。

細野　そう、未知の体験が待ってたんだ。

星野　自分は、公私を問わず、やったことないことをやるのが大好きで。

細野　スリルがあるよね。

星野　でも、あまりにスリリングな体験は、「もうこれ以上はないかな、打ち止めかな」と思う瞬間があるんですけど……。

細野　それは毎回あるよね。

星野　でも、意外と打ち止めにはならなくて。思わぬ出口にバーンと出たりします。

細野　確かに。僕も若いときはそういうことが続いたっけ。だけど、年を取るにつれ、「俺っておしまいだなあ」と思うように変わったんだ。50代の頃は特にそうだった。

星野　え！　ついこの間じゃないですか。

細野　「音楽は全部聴いちゃった」って気持ちになった。もう発見はないんじゃないかと。ところが、そんなことはなかったね。今の時代は、「**こんな音楽あったの？**」みたいなものがどんどん出てくるんだ。

星野　昔の音楽も含めてですか？
細野　つまりレアメタルみたいな存在なんだ。埋蔵されてはいるものの掘り出しにくい音楽が、20世紀という鉱脈の中にはたくさん埋もれている。採掘技術が急激に進歩した最近は、毎日のように面白い音源が掘り出されているんだよ。
星野　ＩＴの恩恵は大きいですよね。
細野　でも、デジタル情報で全部管理するのは不安だな。もしエラーしたら読み込めないでしょ。テープやレコードのほうが優れてるのかなと最近は思い直してるんだ。
星野　アナログなら、トラブルがあっても何とかなったりしますもんね。

（２００８年4月26日号）

難病の知り合いを助ける方法を教えてほしーの！

星野　知り合いに難病というか、まだ原因もよくわからない現代病に罹っている人がいるんですけど。最近、そういう病気が増えてますよね。

細野　僕の周りにもいるよ。それも、好感を持ってしまうようないい人に多いんだ。

星野　近くにそういう人が多いと、ものすごく怖くなってしまうんです。心配性ですし。

細野　うん。でも、これぱっかりはね。どうしようもないというか。

星野　本当は助けてあげたいんだけど、楽しませることぐらいしかできないですよね。

細野　そうそう。たとえば、アトピーでも重症の人は、もうお手上げなんだ。ひたすらかゆいでしょ。だからコミュニケーションをバシーンッと遮断しちゃう。

星野　遮断というのは？

細野　僕がなにか治療法をサジェスチョンしようものなら、「それはもう試した。効かなかった」って（笑）、にべもない。でも、僕には直感的にピンとくるものがあるわけ。たとえば、「**海へ行っちゃえばいい**」とかね。

星野　あー、わかりますよ。「直感的に」って。

細野　でも、なかなか通じない。

星野　そうそう。誰が悪いわけでもなく。難しいですよね。

細野　ところが、いつかそれが伝わるときがある。時間がかかるんだね。

星野　時間か……。

細野　このところ、なんだか助けたり助けられたりとか、そんな人間関係が増えてきているような気がする。星野くんもきっとそうだと思うけど、その相手が女性であっても、そういう人たちとは仲間意識ができるんだよね。レスキュー隊というか、『ウルトラマン』の科学特捜隊みたいな気持ちになって。

星野　「**電話があれば、すぐ行くよ**」みたいな。

細野　わかってるねえ。僕は2回ぐらい出動したことあるよ、この数年で。

星野　今、うれしいです。初めてそういう話が他人とできたから。あの、俺、去年、初めてタクシーの運転手に「急いでください！」って言ったんです。

細野　星野くんも、緊急事態に強いんだね。

星野　はい。強くなりました。

細野　僕の場合、相手は人だけじゃなくて、台風だったり、洪水だったり。一度、沖縄ですごい台風に遭って。ケガはするわ、仕事があるのに帰れないわで。どうやったら帰ることができるか？　ヘリコプターまで調べた。

星野　ヘリコプターですか!?

細野　でも、**緊急事態に強い人は日常には弱い**んだよね（笑）。だから、心配性でも災害には強いわけ。普段は役に立たないけど、本能はちゃんとしているんだな。侍もそうじゃない？　平和な時代には邪魔になる。

星野　年明けにインフルエンザに罹ってたいへんだったんですけど、自分からはレスキュー隊をなかなか呼べないんですよ。

細野　レスキュー隊体質は、自分からは助けを求められないものなんだよ（笑）。でも、自然と、なにかしら、助けが来るよね。

星野　そうですね、タイミングよく。

細野　ＹＭＯの頃、ひとりで六本木に住んでいたことがあって。40度の高熱で3日間くらい起きられなかったんだ。朦朧（もうろう）としてたら、ぶらり、糸井重里さんたちがやって来て、漢方の黒い玉みたいな、苦いものを置いてったの。「それを飲めば治る」って。糸井さんも出動する人なんだよ。

星野　**人生はレスキューしたり、レスキューされたり、**なんですね。今回も勉強になりました。

（2008年5月10日号）

子どもの頃体験した不思議な感覚を語り合いたい！

細野　最近、僕はよく、小学生の頃に体験した、ある感覚について思い出すんだ。

星野　興味深そうな話ですね。

細野　たとえば、夜中にみんなが寝た後、子ども部屋でひとり机に向かって勉強してるじゃない。そうすると、静けさがその空間に蔓延していくわけ。やがて、鉛筆を走らせる音が部屋いっぱいに響いたりして、なにか恐ろしい感じがヒタヒタと広がってくる。そのうち、ちょっとした音がダンダンダンってフィードバックするようになる。そういうときは、**自分の手が部屋いっぱいの大きさになっちゃう**んだ。

星野　あ、すごくわかります！

細野　わかる？　あの感覚が、今の自分にはもう一切なくなったのが少し残念なの。

星野　あ、そうなんですか。

細野　星野くんはまだあるの？

星野　たまーにあります。

細野　いいなあ。

星野　小さい頃、親父と話してたときに、親父が部屋いっぱいになったことがあります（笑）。すっごい怖かった。自分の体をポンと叩くとすぐに直るんですけど。

細野　そう、首振ったりすると元に戻る。ほんと、「この先、どうなっちゃうの？」って思うもんね。ラジオなんかをつけて他の音を聴いたりして、その場の気を変えないとダメなんだ。この感覚、人に話しても「なにそれ？」って言われ続けてきたから、星野くんにわかってもらえてうれしいよ。

星野　あれ、なんなんでしょうね。

細野　**成長期に特徴的な症状らしい**ね。「不思議の国のアリス症候群」とか……医学的には、「起立性調節障害」の一種なのかも。

星野　先生の場合、他にはどんな症状があったんですか？

細野　夜、眠りに入るときに、頭が下に沈んでいって、体がグーンと回転する。

星野　寝る前によくやってたのは、部屋の向きをわざと逆に覚えてから目を閉じる。そうすると、目覚めたときに「あ、違う」となって楽しいんですよ。

細野　僕は普通に寝てても「あ、違う」だったよ。寝相が悪かったから、起きると180度違う体勢になってた（笑）。こうやって話してると、いろいろ思い出すなあ。寝るときって、ずっと天井を見てたよね。家の天井には木目があったし、病院の天井にはポツポツ小さな穴が空いてたっけ。

星野　ちなみに自分は、部屋の天井にジャッキー・チェンの『プロジェクト・イ

ーグル』（91年）のポスターを貼ってましたよ（笑）。……なんだか、起立性調節障害からずいぶん話が飛びましたね（笑）。

細野　そういえば、風呂に入るたびにのぼせて、シューンって耳鳴りがしたりもしたなあ。ものすごい**ホワイトノイズの大音量が脳の中で鳴り響く**んだよ。そして、それがフィードバックして無限大になってく。

星野　やっぱり子どもは、感覚が研ぎ澄まされてるということなんですかね。

細野　それは確かだね。どこかに出かけるときも、空気の香りとか気圧の影響とか、独特の気分になったじゃない？　学校に行くときとか、外に遊びに行くときとか。その独特さがどういうものか、決して説明はできないんだけど。

星野　そう、言葉にはできない。

細野　空気が濃すぎるときもあったよね。空気吸うと痛いんだ。なんだろう、あの浮遊感。

星野　それもまたすごくわかります（笑）。

細野　……あんまりこういう話、人としないよね（笑）。

星野　ひょっとして、傍から見ると変なんですかね、この会話（笑）。

（２００８年８月16日号）

最近、夢を見ながらよく声が出てるみたいだけど、大丈夫？

星野　この間、夢の中でケンカしたんですよ。ふだんはケンカとか全然出来ないんですけど。明らかに相手が間違ってたんで、「コノヤロー！」って胸ぐら摑んで、「**お前はこうだからこうなんだよ、わかったか〜っ！**」って、理路整然と怒ることが出来たんです。それで、「わかったか〜っ！」と叫んだところで、目が覚めたんです（笑）。
細野　怖い（笑）。人がいたら、びっくりするね。
星野　ひとりだったんで、自分が驚いただけで済んだんですけど（笑）。実は、前も似たことがあって。そのときはなんだかすごく悲しいことがあって。夢の中で「嫌だぁ、嫌だぁ」と泣き叫んでいたら、声が出なくなって、でも、がんばって出そうとしてたら……。
細野　ああ、金縛りみたいな感じになったんだね。

星野　そしたら、「ギャーッ」と叫びながら、起きてしまったんです。ものすごい声が出た（笑）。

細野　現実でも叫んじゃったんだ（笑）。そういうことってよくあるよね。あるある。

星野　その叫びがあまりに滑稽で、自分でもすごい笑っちゃったんですけど。それが、ちょっと悩みになりつつあるんです。

細野　夢で声が出ちゃうってこと？　それは、でも、若さの現れだよ（笑）。

星野　若いからしょうがない、と（笑）。

細野　だって、今はそういうのないからね。昔はあったんだよ。僕の場合は、抹香臭い夢だったんだけど。辛気臭いっていうか。

星野　それで、どんな声を出しちゃったんですか？

細野　その頃はＹＭＯで疲れ果てて、もう、色々やんなっちゃったんだね。仏様とか、お寺とか、なにかそういうものに憧れていた時期でもあって、みうらじゅんさんじゃないけどさ（笑）。お坊さんたちが円になって、真ん中に寝てる僕を取り囲んでいるんだよ。しかも、般若心経を唱えている。「わ〜ん」って、チベットみたいに、合唱をリピートしてる。僕自身は死んでんだか生きてんだか、よくわかんないんだけど、金縛りになってるのは確かなんだ。それで目が覚めたら、**金縛り状態で自分がお経を唱えてた。**

星野　ハハハ。すごい。ちょっと違いますけど、ほぼ一緒ですね。

細野　一緒だよ。一緒一緒。夢の続きで、声が出てたわけだから。

星野　でも、お経ってすごいですね。

細野　あの夢を見たときはびっくりした。その後は見てないんだけどね。

星野　夢は、やっぱり、こう、現実の不具合を調整する作用があるって言いますよね。

細野　夢は、かなりの調整になるね、うん。

星野　なにかで読んだことがあるんですけど、すごく難しい問題をがんばって解こうとして粘って粘って、でも、解けなくて、一旦寝て、起きたらすぐ解けたっていう。脳って、寝てる間もずーっと計算しているみたいなんですよね。

細野　（脳の）海馬の働きだよね。数年前かな、夢の中で、西部劇みたいに馬に乗ってたの。そしたら、隣の相棒がね、「ルイス・ボンファ[*1]はいいねえ」って言うわけ。うろ覚えの、ボサノヴァらしき音楽家の名前なんだよ。その夢はすぐ忘れてしまったんだけど、どこか意識に残っていたみたいで。今年の1月にCDショップへ行って、ブラジル音楽のコーナーを見てたら、ルイス・ボンファがあって。買って聴いてみたら、ボサノヴァじゃなくて、ボサノヴァ前夜の天才でね。実に素晴らしい音楽だったんだ。

（2009年7月25日号）

＊1　ルイス・ボンファ……1922年ブラジル生まれ、2001年没。映画『黒いオルフェ』（59年）のサウンドトラックを手掛け、ボサノヴァの世界的なブームを牽引したギタリスト、歌手、作曲家。

間を置いて、忘れてたことを思い出す劇的な「アッ！」。

星野　高校の卒業式のときに、たくさんの後輩たちから「卒業おめでとうございます」って言われたり、温かい手紙をもらって。自分も「ありがとうありがとう」って言って、ちょっと泣いたりしたんです。

細野　純粋だね。

星野　それでその日の夜は、クラスのみんなで朝まで学校近くのご飯屋さんで過ごして、明け方ひとりで電車に乗って帰ったんです。そしたら、電車の中に卒業証書とか手紙とか全部忘れてしまって。

細野　ハハハ。お酒も飲んでないのに。

星野　そうなんですよ。全くお酒も飲んでないのに。しかも、忘れたことを2日後に気づいたんですよ。

細野　え～⁉

星野　「アッ！」って。我ながら「ひどい」と思いまして。ちゃんと全部目を通していたからまだ良かったんですけど。本当に落ち込みました。
細野　出てこなかったの？
星野　駅に電話したんですけど、全然。
細野　2日後じゃ、ちょっと遅いかもね。
星野　あのときの「アッ！」は、**生涯で一番大きな「アッ！」**でしたね。
細野　アハハハ。
星野　劇的な「アッ！」でした。
細野　確かに、間を置いて思い出すってことはあるよね。最近もなんかあったような気がするな。僕の場合は、忘れ物っていうよりも、メールが来て、「すぐ返事を書かなきゃ」と思ったのに、書かないまま何週間も経ってしまうってことがよくあるね。
星野　それありますね。すごくあります。
細野　何週間か後に、「アッ！」と思い出す（笑）。まず、**謝りの言葉から始まるメール**を書かざるを得ない。
星野　自分は、ほぼ全部の返信が遅いです。

細野　そうなんだ。

星野　メールが来て、返さなきゃと思っても、大事な用件ほど、ちょっと寝かせたいっていうか、よく考えたいっていうか。

細野　考えたいもんだよね。

星野　で、そうすると、案の定、忘れちゃうんです。しかも、「アッ！」と思い出すのが外だったり、なにかの作業中で「今、無理」ってときに限ってだったりして。「後で返信しよう」と思って、また忘れちゃうんです。

細野　それ、ほとんど同じだ。なんだ、年のせいじゃないんだ。よかったよかった。

星野　忘れ物はあまりしないんですか？

細野　いや、忘れ物も多いよ。昔、軽井沢駅のホームに荷物を置きっぱなしにして、電車に乗っちゃったことがある。アハハ。

星野　そういうことって、よくありますね。

細野　そのときは……今、思い出した！　なにか違うことを考えてたんだよね。

星野　ホントにそのときだけ、違うことを考えちゃうんでしょうね、ほんの一瞬だけ。やっぱり、電車とか新幹線の網棚に荷物を置くと――。

細野　置くとねえ――。

星野　忘れちゃいますよね。

細野　気をつけるようにしてるんだけどさ。置いた荷物を時々見て、確認したりとかね。

星野　駅のトイレの中に、よく、ちょっとした高さのものが置けるスペースがあるじゃないですか、そこの上に小さいスーツケースを置いて、忘れたことありますよ。

細野　そういうの、僕は夢で見たな。「アッ!」と気がついて、トイレに忘れ物を取りに行くんだけど、夢の中なんだ（笑）。

星野　夢の中（笑）。

細野　現実でも夢の中でも、なんかそういうことは多いよ。きっと僕らのような人間にとって、忘れ物って一生続くんだね。

（2009年8月22日号）

嫌な思い出が忘れられない理由とは？

星野　人間、生きていると、忘れてしまいたい記憶があるじゃないですか。でも、ふとしたときに思い出して、うわあ！　となってしまう。
細野　あるね。
星野　そういう思い出を、どうしたらうまく忘れることができるのか。それが今回相談したいことなんですけど。
細野　内容によるよね。なんで忘れられないのかってことになるわけだから。たとえば、星野くんはどういうときにその手の記憶を思い出しちゃうわけ？
星野　なにか、**食器洗ってるときなんかに思い出して、あああ！**　って言っちゃうんですよ。
細野　わかるよ。僕もある。ひとりで、ごめんなさいとか謝っちゃうんだよ（笑）。つまり、自分が悪いと思ってるんだよね。

星野　なるほど。
細野　逆に、自分が他人から傷つけられたこととかは忘れちゃうんだよ。
星野　そうかもしれないですね。
細野　子どもの頃にさかのぼってみても、そういうことは多いもん。
星野　たとえば？
細野　僕、弱虫だったから、いじめっ子によくいじめられてたんだよ。当時はガキ大将がいっぱいいたからね。あるとき、うちの近所のいじめっ子兄弟が前からやってきた。お兄さんのほうは僕より体がでかくて、すれ違うときにうわあっと詰め寄って僕をおどかすんだ。その後ろから弟が歩いてきたから、今度は、僕のほうがうわあっと（笑）。
星野　（笑）。
細野　そのことがいまだに悔やまれる。悔やまれてしょうがない。なんて自分は弱っちいんだろうと。
星野　いや、すごいかわいいと思いますけどね。
細野　小学校のときとはいえ、情けないことしたと思ってね。子どもだったし、今思えば大したことじゃないんだけど、忘れられなくてさ、時々思い出すんだよ。なぜ忘れられないかといえば、自分は悪いことをしたと思ってるからなんだよね。

星野　そういうケースが多いかもしれないですね。ああしておけばよかったとか、ずーっと後悔してることとっていうか。

細野　くよくよしてるって感じだなあ。後悔してもしょうがないんだけどね。

星野　でも、そういうのって実際起こった出来事においてはもう解決しちゃってる問題も多いですよね。普段はまったく忘れていることなわけだし。

細野　多分、その現場での身体的な感覚が刻み込まれているんだろうね。

星野　デジャヴみたいな。

細野　うん。ちょっとした、軽いトラウマみたいなものだね。

星野　それが神経に残っている。

細野　でも、それは別にほっといていいことだけどね。むしろ、時々思い出し

たほうがいいぐらいのことだね。

星野　確かに、そう思ってるとちょっと楽かもしれないです。

細野　大体、**嫌なことは人間忘れるようにできてる**から。程度は人によるんだけど、くよくよするタイプの人でも、結構嫌な思い出を忘れてることは多いからさ。だからみんな、楽しく生きていられるんだよ。

星野　そうですね。

細野　そういう意味で、すごくいっぱいケンカした相手でも許せちゃうわけじゃん。逆に、こんなことしなきゃよかったという自分の後悔は、よく覚えてたりするわけだ。

星野　そうですね。後悔しないように気をつけます。ありがとうございました！

（２００９年９月５日号）

映画の嫌なシーンがトラウマになってしまいました。

星野　たまたま観た映画のすごく嫌なシーンが頭から離れなくて、困ってるんです。なんかの拍子に思い出しちゃったりして。

細野　それは神経のキズだね。ケガの後遺症にも似た。

星野　深夜テレビをつけたら偶然やってた映画を、それほど観たいわけでもないのに、なんかついついつい最後まで観ちゃうってことがあるじゃないですか。

細野　あるある。

星野　自分がトラウマになったのは……アジアの、女の子が売り買いされてるような地区に、アメリカ人が旅行に行って、そこで好きになった女の子を自分の国へ連れて帰ろうとあがく映画なんですけど。

細野　そうか。ホラーとかじゃなくて、非人道的なシチュエーションが悪夢なんだね。

星野　そうなんですよ。本当にひどい国で、女性たちはほとんど人権がないみたいな。結局、主人公は悪い連中に見つかり、女の子も連れ去られて、「その後、彼女の行方はわからない」というような字幕が出て終わってしまう。後味が悪いんですよ。

細野　もしかしたら、僕もその映画を観たことがあるかもしれない。そこまで後を引かなかったけどね。もちろん、「ああ、こういう現実もあるんだ」って認識は持ったよ。僕の場合は、「わっ！」ってビックリするような場面で神経が傷ついちゃうっていうか。

星野　ああ。怖い映画のほうですね。

細野　そうそう。昔、息抜きにオールナイトを観に行ったの、池袋まで。「なんでもいいや」ってふらっと入ったら、『悪魔のいけにえ』(74年)だったんだ。

星野　よりによって(笑)。

細野　ちょうど神経を病んでいた頃でね。

星野　それはまずいですね。

細野　殺人鬼が女性をフックに引っかけるシーンで、脳天にず〜んと衝撃が走って。映画館を飛び出しちゃったくらい。「嫌なものを見てしまった」って、しばらく悩んだんだよ。でも、「これはバッド・トリップだから、逃げるわけにはいかない」と思い至って、その後、**ホラー映画をおずおずと観だしていったわけ。**

星野 逆に。

細野 治療のために。

星野 すごいですね。

細野 でも、それは正しい方法だったんだよ、後で知るんだけどね。強迫神経症とか、パニック障害とか、あるシチュエーションが揃うと必ずその症状が出る場合は、なるべく違う方向へ行こうとするんだけど、それはダメ。逃げちゃうと治んないの。

星野 ああ、なるほど。それはあるかもしれないですね。

細野 ちょっとずつ近づいていくといいっていう。それを実践したんだ。

星野 その姿勢は大事かもしれないですね。その映画をもう1回観たらいいのかな。

細野 その映画っていくつのときに観たの？

星野 20歳ぐらいのときですね。

細野　今観ると、印象が変わると思うよ。前より世の中のこともよく知ってるわけだし。
星野　なるほど。自分も昔、ちょっと神経が弱ったことがあるんです。だから、なった場所に行きたくないという気持ちを、克服しなきゃと思って、わざと行ったりするんですよ。
細野　あ、もう自分で治療してるんだ。
星野　なんか**場所の記憶を更新しなきゃ**って。そうすると意外といいって、思ったことがあります。

（２００９年９月19日号）

男と女

心のドアを開けると、真っ暗な娘ばかりに出会ってしまう僕。

星野　実は、昔、好きになった女性の心のドアをガチャッと開けると、真っ暗な娘が多かった時期があって。
細野　男と女の話か。それは難しいなあ（笑）。**永遠のテーマだからね、人生の。**
星野　普段は明るく振る舞ってるから、付き合ってからわかるんですよ見事に。でも、好きだから、少しでも明るい方向へ……。
細野　助けてあげられるんだね、星野くんは。だから、そういう人を引き寄せちゃう。
星野　最終的には「無理っス！」ってなっちゃうんですが（笑）。
細野　でも、どこかで面白いと思ってるでしょう（笑）。
星野　そう思わないとやってけないので（笑）。
細野　客観的に見てるもうひとりの自分がいるんだよ。男のほうがそういう考え方ができる。女性にはあまりいないかもしれない。

星野　そうかもしれないですね。

細野　女性のほうがマイペースだから。そうすると、男のほうがヤキモキさせられることが多いわけでしょう。

星野　なるほど。

細野　そうすると、自分の中から、不安と不安にまとわりつくいろいろヤな部分が出てくるじゃない？　過度な心配性、とかね。

星野　もう、すごい、わかりますよー。

細野　僕もそうなんだよ。心配性の家系なの、うちは。

星野　うちもおじいちゃんがものすごい心配性で、隔世遺伝でモロに受け継いでます。

細野　僕は母親が心配性でね。家族でその話になると、「心配性の家系だから（笑）」で済ましちゃうんだけど。でも、それが第三者に向けられると、笑い事じゃなくなるよ。だから、自分の中で対処するわけじゃない。そこに**男の成長があると**思うな。

星野　確かに！

細野　自分でコントロールするしかないから。つい、今日の占いとか見ちゃったりなんかして。
星野　今日はどうなるんだろう？　って。
細野　なにか藁でもいいから命綱みたいなものがほしいわけ。最近、自分の思うようにならないからって、女性に暴力をふるう男が増えてるでしょう。自分を抑える能力が低下してるんだね。だから幸いだよ、僕らは犯罪者にならないタイプだもん（笑）。
星野　ホントに（笑）。
細野　自分で自分の中の弱さを克服できたら、女性からも頼られるじゃない。**星野くんは、これからモテるよー**（笑）。
星野　モテますか！（笑）
細野　大丈夫。悩んだやつのほうが勝ちだよ。なまじっか顔がよくて、誰からもモテちゃうような男は危ない。心の修行が経験できてないから。
星野　僕ら……僕らって言うとアレですけど（笑）、自分は崩れ慣れているから。
細野　いやいや、僕もそうだよ。だから、自分を整えようとするわけじゃん。それはすごくいいことなんだよ。女性はそういうところをちゃんと見抜くからさ。

星野　そうだといいんですけどねえ。

細野　だから、ますます顔じゃないないなと思いつつも、それにしても、**もうちょっと顔をちゃんとしなきゃな、**と（笑）。

星野　「顔じゃない」っていう気持ちは、信念としてあるじゃないですか。でも、イケメンの人たちがうまくいってるのを見ると、「やっぱ、あっちのほうが正解なのかな」って思っちゃう自分もいて。

細野　いや、若いうちだけだから。

星野　ありがとうございます。励みになりました！

（2008年4月12日号）

乙女研究の成果をもっと詳しく教えてほしーの！

星野 以前、先生が『DAISY HOLIDAY!』[*1]で話してくれた乙女論を、今日はもう少し詳しく聞きたいんですけど。

細野 いや。「自分がいかに乙女じゃないか」ってことがハッキリしただけでね。乙女性はいくつになっても、したたかに、柔軟に生きていくじゃないですか。乙女の延長線上にそういう生き方があるんだよ。ところが、男は僕らの年代になると、たとえば、会社をリタイアするなり、男社会の競争原理から放り出される。そうなると、家庭で厄介者扱いになっちゃうんだよ。男は、乙女の詳細を学ばなきゃ、楽に生きていけないってことがわかったんだ、この年になってね。

星野 それで、演歌の歌詞における乙女心にも注目するようになったんですよね。

細野 演歌には男が女言葉で女心を切々と歌うジャンルがあるじゃない？ そ

れがすごく面白くて。

星野　殿さまキングスの「なみだの操」とか。

細野　そうそう。西洋のポップスではあまり聴いたことがない。

星野　日本独特の文化かもしれないですね。ところで「なみだの操」を聴いて、女の人は泣くんでしょうか？

細野　泣かないんじゃないかなあ（笑）。

星野　ああ、男が身につまされるのか。

細野　そうです。最近、男と女を、自分の中で分けすぎてるかもしれないんだけど。本当は**男の中にも女が、女の中にも男がいる**と思う。今は、分けて考えたほうが自分のことがよくわかるんでね。そういえば、ギターのコードでいうと、たとえばCとFの繰り返しだけで男は歌のムードに浸れる、ということがある。先日、「そういう音楽を女性はわからない」、「なにに浸っているの？」と、ある女性から言われたの。

星野　なるほど。

細野　「**それが男心なんだよ**」って、返したんだけどね（笑）。たまたま雑誌を読んでいたら、同じようなことが書いてあってね。男性脳は奥行きに鋭いけど、女性脳は違うんだって。女性は表層に強く反応するから、すごく現実的で、そういう男の歌は、単なるCとFの繰り返しにしか聴こえないから退屈なんだ。ところが、男は単調な繰り返しと、象徴的で曖昧な歌詞に、奥行きのある気持ちを込められるんじゃないかな。

星野　わかります、わかります。

細野　まず、その辺りから勉強を始めていたら（笑）、加島祥造さんっていう老子（タオ）の研究をしている詩人がね、同じようなことをすごく巧い表現で書いていたんだ。かいつまんで言うと、「男は競争社会から離脱していくと、うまく生きることができない。だから、**女性のいいところを学べ**」って。

星野　さっきの先生の話と同じですね。

細野　それでね、女性は自分のいいところを知らないから、女性から学んだ男が、それを女性に伝えるべきだとわかったんです。

星野　それは、前に出た「俺たちレスキュー隊」の話にも通じてくることですよね。

細野　そう。「今、僕らはそういう世界に向かってんだ」と、薄々見え始めてるのね。

星野　今、細野さんの奥行きが見えた！

細野　こういう曖昧な話は、男同士だとわかりやすい。でもこういう場合、女性のほうがある意味、論理的なんだよね、だから、**ケンカすると負けちゃうんだ**（笑）。

（２００8年8月30日号）

＊1『DAISY HOLIDAY!』……細野晴臣がメインナビゲーターを務めるラジオ番組。Inter FMで毎週日曜日の25時30分～26時00分に放送。

なんであんなに可愛い子たちが、たくさんAVの世界へ行くの？

星野　今回は男同士の話をしたいんですけど、あの、**AVとか、ご覧になりますか？**

細野　最近、エロスは追求してないなあ。

星野　周りでは「素人モノが好き」って言う人が多いんですけど、自分はどちらかというと、作り込んであるものが好きなんです。女優さんが達者であればあるほど楽しい。

細野　それはホントのエロスだよ。でも、そういう趣味嗜好だと、よい作品になかなか巡り合えないいんじゃない？

星野　確かに（笑）。**「これは！」って唸るAVにはたまにしか出会えません。**

細野　映画だと、時々、すごいのがあるんだよ。ポーランド映画で『ワルシャワの柔肌』（96年）っていうの、知ってる？

星野　どういう映画なんですか？
細野　ちょっとクレイジーな女子大生とインテリで二枚目の人類学者との恋愛ものでさ。パンツはかないで、超ミニで街を歩いたりする。変態と言えば、変態だね。でも、女優さんがすごいわけ。演技してるんだから。
星野　そうなんですよ。ＡＶも、女優さんが演技しているのを観たいんです。
細野　ところで、なんであんなに可愛い子たちが、たくさんＡＶの世界へ行くの？
星野　あははは。細野さんの口からそういう素朴な疑問が出ると新鮮です。すごく楽しい（笑）。
細野　もちろん、最近はすぐには信用出来ないけどね。いじってあるから。
星野　パッケージの写真のことですね。メーカーによって加工の度合いが違うんですけど。ええっと、話を戻すと、業界への怖さがなくなってきてるんじゃないですかね。
細野　なんだか、明るいよね。
星野　『おねだりマスカットＤＸ！』[*1]とか、特にそうですよね。
細野　（恵比寿）マスカッツは明るいよね。ＡＫＢより明るいし、全然、面白い。

星野　**細野さんが〝おねマス〟をご存知とは！**　あのシリーズすごく好きです。

細野　僕はああいうことやってる女の子たちの心理に興味がある。お金なのかなあとか、結局はよくわからないんだけど。

星野　女優さんのインタビュー本を読むと、お金が目的の人もいるけれど、芸能人になりたくてって人も多いですよね。

細野　まあ、そういう人もいるんだねえ。それはそれで、なかなか難しいと思うけど。

星野　でも、今は、ただやりたいからやってる人も多いみたいで。逆に、それはすごい面白いことだなあと思いますね。

細野　全然、昔とは違うなあ。ホント、かつては暗かったでしょ。

星野　照明からして暗かったですよね。

細野　女の人も暗かったような記憶がある。

星野　ヨヨチュウって知ってますか？　代々木忠。AV監督の元祖なんです。

細野　名前は聞いたことあるよ。

星野　彼のドキュメンタリー映画『YOYOCHU SEXと代々木忠の世界』（10年）がむちゃくちゃ面白かったんです。愛とセックスを追求しすぎて、もはやＡＶじゃない作品に到達してしまったという。監督は女優を解放するというか、癒すほうへ向かって。
細野　そういう人は破綻するんじゃない？
星野　そうなんです。途中で病気になってしまって。今は復活してるそうです。
細野　それにしても、星野くんはＡＶを追求してるね。ところで、女優では誰が一番好きなの？
星野　つぼみ、成瀬心美……選べないっす！
細野　全然知らない。今度、観てみようかな。
星野　ぜひ。そう言えば、相談を思いつきました！　この間、新作を購入しに行ったら、ファンの人に声をかけられてドギマギしてしまって。やっぱりこの場合は買いにきましたと正直に言うべきですよね？
細野　いい加減にしなさい！（笑）

（２０１１年10月15日号）

＊1『おねだりマスカットDX！』……2010年10月6日から2011年9月28日までテレビ東京系列で放映されていた深夜のバラエティ番組。元気でキュートなセクシーアイドルが多数出演する『マスカット』シリーズの第4弾。このシリーズに出演していたセクシーアイドルたちが「恵比寿マスカッツ」を結成し、アイドル活動を行っていた。

AVの巨匠・代々木忠から男としての生き方を学ぶ。

星野　今、読んでいる本が、ものすごく面白いんですよ。

細野　なんていう題名なの？

星野　『代々木忠 虚実皮膜／AVドキュメンタリーの映像世界』（東良美季著・キネマ旬報社）です。

細野　**相変わらずAVにどっぷりハマってるんだねえ**（笑）。これは未知の世界だ。

星野　昨年、『YOYOCHU SEXと代々木忠の世界』（10年）というドキュメンタリー映画が公開されて。これは、その作品の公開を受けて作られたインタビュー本なんです。

細野　なんだか面白そうだね。

星野　この代々木さんの経歴がすごくて。北九州は小倉で育った名うてのワルだったんですが、いろいろあって大阪に行き、そこで華道の先生になる。ところがその後、兄弟分に九州に呼び戻され、極道の道を歩むんです。そこで起きた抗争事件に巻き込まれたり、裏切りにも遭って、最終的には足を洗って、ストリップの興行主になるんです。その縁から、ピンク映画等の製作を手がけるようになり、ついにはＡＶの世界に足を踏み入れるというわけです。

細野　すさまじい半生だね。

星野　ええ。とにかく、**書いてあるエピソードが全部男らしい**んです。

細野　たとえば？

星野　現在の奥さんと婚約した当時、監督には、付き合っていた女性が３人もいたんですって。奥さんを含め、みんなストリップの踊り子さんだったんですが、「惚れた女がいる。結婚したいんだ」ということをそのふたりに告白したら、ふたりとも「その女に会わせて」と詰め寄ってきた。

細野　どうなったの？

星野　結局そのふたりがその女性に会いに行った結果「向こうも本気みたいだから許す」ということになり、無事結婚に漕ぎ着けたんだそうです。

細野　すごい。

星野　そのおふたりの女性もカッコいいですが、代々木さんは、そのとき以外、自ら告白したことはないんですって。

細野　カッコいいね。

星野　昔気質な感じというか……。時代からつまはじきに遭うように苦労された人で。だからこそ、他にはない俺流みたいなものを見つけたんじゃないかと。

細野　その俺流ってどういうものなの？

星野　監督は、女の子のトラウマを解放するような作品をたくさん撮っているんです。

細野　正しいね。

星野　演技するフィクションではなく、ただの人助けでもなく、その中間の、本当と嘘のちょうど間にあるドキュメンタリーという手法を使うんです。だから、ひとりの女の子を撮影するときにも、ものすごく時間をかけていろいろ話を聞くんですって。どうすればこの子をさらけ出せるかって。

細野　すごいな。カウンセラーみたいだ。

星野　まさにそんな感じだと思います。加えて、探究心がすごくて、チャネリング企画も始めるんです。女の人の股間に手をかざすと、その子が「あぁー」

と悶え出したりとか……。

細野　本当？

星野　ええ。その他にも、別々の部屋にいるふたりの女の子のうち、チャネリングを行った片方の女の子がイクと、同時に、もうひとつの部屋にいる女の子が、なにもされていないのにイッてしまったり……。

細野　すごいな。星野くんも、代々木監督からはだいぶ影響を受けたんじゃない？

星野　あまりにもかけ離れてて、興味深いんです。この他にもたくさんの面白いお話が載っているので、ぜひおすすめです。

細野　なるほど。僕も読んでみようかな。

（2012年5月26日号）

突然訪れたモテ期を機に、女性について考えてみる。

細野　星野くんさ、最近どうなんですか。**モテるでしょう？**
星野　なんですかいきなり！　いや、あんまり前と変わらないですけど（笑）。
細野　あれ、そう？
星野　でも、おかげさまでライブのお客さんは増えました。
細野　星野くんのライブ会場では、女子トイレが極端に混雑すると聞いたよ。
星野　ありがたいことです。ただ、舞台から見て変化を感じた点でいうと、最近は男のお客さんがすごく増えましたね。
細野　そう？　それはいいことだ！
星野　うれしいです。10代から50代ぐらいの人まで、急に男性が増えました。
細野　素晴らしい！　理想的だよ。
星野　女の人はチケット押さえるの得意だけど、男は、そういうの結構面倒くさがりますからね。

細野　ライブの客層は別として、実生活ではほんとにモテてないの？

星野　ずいぶん喰い下がりますね（笑）。

細野「モテ期」って言葉が流行ってるけど、実は今、**僕はモテ期を迎えてるかもしれない**。[*1]

星野　そうなんですか？

細野　やたらと周りに女子が多い、ていうだけなんだけど。

星野　最高じゃないですか！

細野　まあ、厳密にいうとモテてるのとは違うけどね。お友だちなんだ。やっぱり、年を取ると安心して近寄れるのかね。

星野　いやいや、ちゃんとフェロモンが出てるんだと思いますよ。

細野　フェロモンは出ないね。女子会に呼ばれる男子っているじゃない。**そういう無害な存在**なの。

星野　……しかし、そもそも女の人と遊ぶってのはどういうことなんですかね？

細野　無害な僕に聞かれても（笑）。

星野　知り合いに、長く付き合っている彼女がいるのに他の女性たちとめちゃくちゃ遊んでるイケメンがいるんです。その彼曰く、「惚れさせちゃダメだ」って。

細野　それはイケメンの理屈だな。普通の男には当てはまらない。

星野　遊んでもいいけど、エッチしてもいいけど、惚れさせるなと。なんてことを言うんだ！　俺にもその秘訣教えて！　と思いましたよ。

細野　イケメンは放っておいてもモテるわけだから。僕たちは努力しなきゃならない。

星野　ですね。俺、**女性から告白されたことは一度もない**ですよ。

細野　僕もそういういい思いはない。恋愛に関しては、楽なことはなかったよ。

星野　やっぱり努力が必要ですね。

細野　だけど、イケメンの人は、晩年苦労するんじゃないかという気はするね。男は、女性との関係で失敗を重ねながら成長していくものなのに、黙っていても女性が近づいてくる彼らには貴重なその成長の機会がない。

星野　なるほど。

細野　女性に関して言えば、僕は人生最後の岐路に立たされてるのかも。

星野　真っただ中！（笑）

細野　ほんと、**女性は男を育ててくれるよ。**こっちのいろんなところを見てるから、普段から気をつけておかないとね。

星野　ほんとそうですね。こっちの覚えてないところを突っついてくる。その技術はすごい。

細野　あるよねえ。あまりに的を射た指摘だから、男は反論すらできない。

星野　かと思えば、自分にとって都合の悪い話題になると、巧妙に話をずらしていく。

細野　うんうん。

星野　だから「女なんて！」って思うこともありますけど。……でも、**やっぱり女っていいですよね**（笑）。

細野　本当にそう思うよ、つくづく。

（2012年2月18日号）

＊1　僕はモテ期を迎えてる……本人が「モテ期」だと妄想していたにすぎない。現在は引きこもりがちである（細野・談）。

仕事

バンドを率いるリーダーには怒ることも必要？

星野　細野さんは、これまでたくさんのバンドを率いてきた中で、怒ったりした経験はありますか？

細野　バンドでは怒ったことないなあ。特にＹＭＯの末期は、怒る以前の問題がいっぱいあったんだ。忙しすぎてメンバー同士が直接会えないとかさ（笑）。問題が多すぎて、怒るより考え込んでた。

星野　会えないと怒れないですもんね。

細野　怒るのはね、やっぱり本人が目の前にいないとダメだよ。面と向かって怒らず、いないところでいろいろ言ってたのが間接的に噂の形で伝わると、問題がさらにこじれる。

星野　そりゃそうですよね。

細野　でも、**いざ当人を目の前にすると怒れないんだよね**（笑）。

星野　まあ、本人がそこにいると、わざわざ大げさに怒らなくてもちょっと言うだけですっきりしたりしますからね。別に怒るほどでもなかったなとか思ったりして。

細野　というと、星野くんは自分のバンドで怒ったことはないってこと？

星野　あまりないです。その結果、なんだか変な雰囲気になるってことはあるんですけど。

細野　大体はそうだよね。怒鳴ったりする人はあんまりいない。その感情が、もっと内側にこもっちゃうんだよね。

星野　でも、幸い、そこまで困った雰囲気が生じることは稀なんですよ。サケロックのメンバーは**それぞれ一定の距離を保ってる感じ**なので、そういう事態は割と避けて通っていくことが多いです。

細野　今時の人っぽいね。

星野　ケンカも苦手なのであんまりないんです。細野さんは、たとえば殴り合いみたいなケンカをしたことはありますか？

細野　殴り合いはないな。思い出してみると、**一方的に殴られたことはあるん**だけど。

星野　ええ！　それは突然だったんですか？

細野　中学のときに、僕がガン付けたって勘違いした高校生にいきなり殴られたの。俺はどこそこのなんとかだ、覚えとけ！　とか言うんだよね。あのとき、青タンっていうものを初めて作った。いぶかる母親に対しては、転んだんだって言い訳したよ（笑）。

星野　定番の言い訳ですよね（笑）。その他に殴られた経験はありますか？

細野　はっぴいえんどの頃、ヤクザ風情の男に殴られたことがあるよ。西麻布の和食屋でメンバー4人で食事をしてたんだけど、近くの席に、着流しで丸刈りの男と、いかにもその筋を思わせるスーツを着た男が座ってたんだよ。その着流しが、メンバーのひとりと目が合ったとか言って因縁を付けてきたの。

星野　うわあ、最悪ですね。

細野　お前ら外に出ろって言うから、しょうがなく4人揃って店から出た。

星野　それは怖い。

細野　懐にドスを持ってるって言うから、身の安全のためには謝るしかない。

星野　その後はどうなったんですか？

細野　**4人立って並ばされた。**それで、上の立場らしき着流しの男が、「とりあえず挨拶代わりにやらせてもらう」なんて言って、ひとりひとり、お腹に当て身を喰らわすんだ。

星野　わあ、痛そうですね。

細野　それが、寸止めで全然痛くない。感動したね。手下に対するパフォーマンスなの（笑）。そんな世界も存在するんだって、あのときは未知の領域に触れて驚いたよ。

（２００８年３月１日号）

怒るべきときに怒る人になる方法を教えてほしーの！

星野　昔、役者のマネジメントを担当してもらっている事務所の社長からよく怒られていたんです。でも、うちの社長は僕ら役者だけじゃなくて、筋が通ってなかったり、それが怒るべきときだったら、テレビ局の人であろうが、誰であろうが、ちゃんと怒るんですよ。

細野　それはカッコいいねえ。ところで、星野くんはなんで怒られたの？

星野　54人も出る芝居の公演だったんですが、衣装さんも全員分の衣装作らなきゃならないからたいへんで。本番前のリハーサルで「リハは衣装なしです。ジャージを持って来て」と言われたのに、うっかり忘れちゃったんですよ。

細野　うっかり忘れちゃうってことは、たまにあるよね。

星野　ええ。私服でやるのもなあと思って、たまたま近くにいた衣装さんに「すみません。衣装借りられますか」とお願いして、しばらく衣装を着てやってたら、チーフの衣装さんがパーッと飛んで来て、「こっちがどれだけたいへんかわかってるの！」と怒られたんです。それでも僕はまだピンときてなかったんですよ。稽古終わりに社長に呼ばれて「なんであなたはそういう人なの！」、「なぜ人の気持ちがわからないの！」、「洗濯するのだってたいへんなの。たいへんだからこそ、ジャージにしてって言ってるの。稽古場のそばにユニクロがあるんだから、買えばいいじゃない」……って、訥々と、泣きながら諭されて。自分も泣きながら「**ごめんなさい**」**って心から謝ったん**です。自分がやったことの無神経さにショックを受けて。

細野　いい話だね。僕らのような職業って、怒ったり怒られたりがあんまりないから。

星野　大人になってから、他人にそこまで怒られることってないじゃないですか。社長は**ちゃんと怒ることができるすごい人**なんですよ。俺もそうなりたいんですけど、どうすればいいでしょうか。

細野　ここに来る途中に、テラスみたいなカフェがあって、そこに時々黒塗りの車が停まってるの。いつもひでぇ停め方で、車道の真ん中まで斜めにはみ出してる。さっきも、いくら待ってもどかないから、「ブーッ！」とやったんだ。

そしたら、坊主頭の人相の悪いやつが出てきて、怒鳴り出した（笑）。こっちもカーッとなってるから、ひるまなかったけど。

星野　その後は、どうなったんですか。

細野　そのまんま、別に……。

星野　先生の気迫勝ちですね。

細野　いや、相討ちかな（笑）。だから、カーッとなれば強くなるんだよ、誰だって。大島弓子さんの漫画を読んでたら、猫は排泄するときにハイになるんだって。野生の猫は敵にバレないように、巣から出来るだけ遠い所にオシッコをしに行くんだけど、道中は危険だから、ハイになってアドレナリンをワーッと出して自分を高める。だから、アドレナリンはやっぱり必要なんだな。

星野　時々、出ますよね。

細野　でも、**アドレナリンを出すと、あとで後悔することも多い**んだよ（笑）。代官山のマンションに事務所を借りてた頃、夜中まで働いてた女の子が深夜の1時頃に出前を頼んだの。そしたら、翌日、管理人から呼び出しをくらって。70ぐらいのおっさんが「夜中にピザを取るな」って不機嫌なんだ。その上、「部屋でマリファナをやってないか」とか、「こうやってる間にも株で損をする」とか、理不尽なことまで言い出したから、そのときは怒鳴ったの。でも、たまたま歯の治療中で、仮歯の**差し歯が怒鳴った瞬間に飛び出しちゃってさ**（笑）。あんなに頭に来たことはなかったんだけど、あんなに情けないときもなかったね。

（2008年3月15日号）

いつか笑いをやりたいんです。

星野　笑いというものにずっと励まされながら育ってきたんです。小さい頃、親からシティボーイズのライブを観せられて、面白いおじさんたちがいるなあ、なんて感心したりして。だから、いつか自分も人を笑わせられる人になりたいと思っていたんです。

細野　芸人魂だね（笑）。

星野　でも、今、舞台の稽古をしてるんですが、**周りが面白すぎて落ち込むん**ですね。

細野　そうなんだ。

星野　昔からそうなんですけど、自分は**ウケを狙ってなにかすると外しちゃう**んです。逆に、一生懸命やると、その真面目がおかしいらしくて、笑われたりするんですけどね（笑）。落ち込んでしまって、帰り道、土に埋まりたい、ひとりになりたい、貝になりたいみたいな気持ちになるんですよ。

細野　そういう人はお笑いに向いてないんじゃない？（笑）

星野　そうか、向いてないのか（笑）。

細野　まあ、そうなりたいという願望はさておき、やっぱり向き不向きはあるからね。星野くんは、学校に通ってた頃、クラスで笑いを取ってたりしたの？　というのも、才能の芽はその頃出るわけじゃない。

星野　そういう経験、まったくありませんでした……。

細野　じゃあ無理だよ（笑）。

星野　クラスのみんなは別として、親とか、友だちのひとりとか、すごく少数を相手にしたときには笑ってもらえたんですけど。

細野　内弁慶だね（笑）。それを公に生かすっていうのは難しいんだよね。一歩踏み出さなきゃ。

星野　なるほど。

細野　そういう人は僕の周りにもいるよ。たとえばコシミハルとかね。彼女は、すごく面白いセンスの持ち主なんだ。ところが、人前に出るとその片鱗さえ見せないから。人前でやったら面白いのにねえ。立派な芸人になれるよ。

星野　芸人になれるぐらい⁉（笑）

細野　そう（笑）。一時期、彼女なら漫才できるんじゃないかと思ったこともある。でも、彼女みたいなタイプは、ナチュラルに自分を出してこそ面白さが出てくる。だから、それをいざ芸にするとなると壁があってね。そこの差は大きいと思うね。

星野　笑いといえば、細野さんには、この間、サケロックのDVDで淀川長治さんの物真似を披露していただきました。あの撮影で、びっくりしたことがあるんです。

細野　なに？

星野　**細野さんが1テイク目から全力だったこと**ですよ（笑）。一気にギアがガーッと入った感じで、助走がなかった。

細野　お笑いに関しては生き生きしちゃうんだよ。他のことであんなに生き生きする

ことはないのにね。

星野　そうなんですか！（笑）

細野　お笑いをやってるときは、これこそが自分に向いてる場なんじゃないかって気持ちになるんだよね。

星野　自分のステージみたいな感覚。

細野　お笑い以外のとき、僕は後ろに引っ込むんだよ。お笑いには、なんか喜びがある。だから、ひょっとしてミュージシャンには向いてないのかなあって思うこともある。

星野　そんなことはないですよ（笑）。

細野　でも、よく考えると、今のお笑いの人たちの激しさにはとてもついていけないいな。負けちゃう。

星野　そこまで真面目に考えてる先生が一番面白いです。

（2009年10月3日号）

2010年の目標はお互いのソロと、そして…⁉

細野　毎年、正月が来ると、今年も早く終わらないかなって思うんだ。先に急ぎたいっていうか。去年なんか、**3月か4月には、もうすぐクリスマスだなって思ってた**もん（笑）。

星野　ずいぶん気が早いですね（笑）。

細野　まあ、それはクリスマスのライブ（キネマ旬報創刊90周年イベント「映画を聴きましょう」）が決定してたからなんだけど。先々の予定が決まると、もう緊張しちゃうんだよね。しかし、2009年はすごく忙しかったなあ。

星野　音楽活動だけでも、いろいろやってらっしゃいましたもんね。

細野　昔とは質の違う忙しさだった。1カ月まるまる休みがないときもあったしね。

星野　たいへんでしたね。

細野　僕は、一時にひとつのことしかできない人間だってことがわかっているから、いろいろなことがあると対応できないんだ。忙しいのは向いてないのに、なんでこんなに忙しいんだろうっていう1年だったね。

星野　お疲れ様でした！

細野　ところで、星野くんの今年の予定は？

星野　役者としては、4月から始まる来期のNHKの朝ドラに出ます。水木しげるさんの奥さんの自伝が原作の『ゲゲゲの女房』というドラマです。

細野　星野くんはどんな役なの？

星野　松下奈緒さん扮するヒロインの弟役。実際には、自分のほうが松下さんより4歳も年上なんですけどね（笑）。

細野　朝ドラってみんな見てるよね。

星野　最初に『ゲゲゲの女房』ドラマ化の話を聞いたとき、面白い作品になりそうだなあと思っていたんです。そんなドラマに出られるのはすごくうれしいですね。

細野　撮影はだいぶ長丁場になるわけ？

星野　ヒロインは早々に島根から上京して結婚するという設定なので、地元に残る自分の出番は前半だと思います。ところで、細野さんのほうは、今年はどんなご予定なんですか？

細野 なるべく決めたくないんだよね。今年の前半はソロアルバムを作りたいんで。他の予定がいろいろ入ると、ソロは一番後回しになっちゃうじゃない？

星野 なるほど。俺も、前半はソロをがんばらなきゃと思ってます。

細野 お互いのアルバムの中で、**1曲ぐらい、曲を交換しようか？**

星野 （思わず椅子から飛び上がって）なんですって!?

細野 突然、今思いついたんだけど。

星野 それはもう……、え、こ、こうかん？

細野 交換だよ、交換。ネイティブ・アメリカン言うところの〝ギブアウェイ〟（自分の宝物を人に分け与える風習）だね。

星野 ドキドキしてきました。

細野 ただ、どの曲にするかが難しい。一番いいやつは自分に取っておきたいしな。

星野 一番駄目な曲っていうのもちょっと問題でしょうし……。

細野 そうだ。相手に提供した曲を、自分でも演奏するっていうのはどう？

星野　つまり、同じひとつの楽曲が、それぞれのバージョンで双方のアルバムに入るっていうことですか？
細野　それ、面白いな。全然違うタイプになるかもしれない。
星野　そんなの聴き比べられちゃうじゃないですか！　俺、絶対負けますよ。
細野　いや、面白い面白い。それ、やろうかな？　……やろう！　歌モノ[*1]でいこうよ。
星野　えええー？　わ、わかりました！

*1 歌モノ……コラボした曲「ただいま」は、作詞は星野が、作曲は細野が担当。星野が歌ったバージョンは『ばかのうた』（10年）に、細野が歌ったバージョンは『HoSoNoVa』（11年）に収録されている。

（2010年1月9日号）

体験的作詞作曲論。細野曰く、音楽は寝かせて待て！

星野　なんか今あまり悩みがなくて。

細野　幸せな感じなんだね。じゃあ、相談のネタはないな（笑）。ネタは不幸な環境から生まれることが多いからね。逆に、幸せだから曲が出来ないとか、そういう悩みはないの？

星野　あ、あります。幸せがどうこうとは関係なく、なかなか曲が出来なくて。

細野　この間、お互い、ソロアルバムをがんばろうって盛り上がったばかりなのに。

星野　毎日作業はしてるんですけども……。あの、細野さんは自分で歌うときの歌詞ってどうやって作ってるんですか？

細野　どうやってるんだろう。よくわからない（笑）。**いつの間にか出来てるんだよ。**

星野　それはうらやましいです。
細野　リキッドルーム（『De La FANTASIA 2009』）のときに、新曲を1曲演ったんだけど、それは2日前に、ふわっと出来ちゃったんだ。
星野　おお〜。
細野　よく考えたら、最近、ボブ・ディランもそうなんだけど、僕もカバーが多くてさ。（鈴木）慶一くんに「伝承音楽家」って言われたくらい。でもカバーばかりじゃ申し訳ないと思って、とにかく作っちゃおうと。そしたら、前に溜めてたメロディがあったんで。とにかく、メロディはすぐ出来るじゃない？
星野　そうですね。でも、歌詞が……。
細野　うん。言葉はギリギリにならないと出てこないね。だから、未完成のまま……。
星野　それでいいんですね。今、完成させることが出来ないのがしんどくって。
細野　完成させようと思ったら辛いよ、寝かしておかないと。音楽ってね、インスピレーションが湧いたときに引っ張り出して、**ダーッと短時間で作る**もんだと思う。
星野　じゃあ、細野さんは歌詞もパッと作っちゃうんですか？

細野　歌詞もやっぱり寝かしておくってことが大事で。最初から完璧な歌詞を書こうとすると、大体、上手くいかないもんじゃない？

星野　そうなんですよ。歌詞を頭から完成させようとしてたから、何度もスタートからやり直すハメになってしまって。

細野　それじゃ進まないな。まずは散文詩を書いといて、どんな曲にしたいか固まって来たら、歌詞に変換していけばいい。

星野　確かに。どういう曲にしたいかっていうのが、ハッキリしてなかったんですね。

細野　だから一旦全部忘れて、どんな曲にしたいかを決めたほうがいいよね。決めるというより、インスピレーションに従う。

星野　なるほどなあ。

細野　でも、なんかきっかけがないとね。さっき言った新曲のきっかけは、くだらないの（笑）。でも、参考のために言うとね。

星野　ぜひ、聞きたいです。

細野　『人志松本のすべらない話』（フジテレビ系列）を観てたらね。千原ジュニアさんが車好きらしくて、「右折したいのに道路が渋滞した場合、一旦、直進する。で、左折、左折でまた道路に戻る。これは〝捨て左折〟だ」って（笑）。自分もやるからさ、そういうの。その話の流れで松本人志さんが「高速道路を降りたすぐのところが結構な坂で、下半身がフワ～ッてなる」と。それを誰かが〝チンさむ〟と名付けて、松本さんが「チンさむ・ロード！」って口ばしったの。そのとき、僕は往年の名曲「ロンサム・ロード」をやっぱりいい曲だなあと思い出して、新曲が閃（ひらめ）いたわけ。タイトルは「ロンサム・ロードムービー」。

星野　**〝チンさむ・ロード〟がキーワードだったんですね**（笑）。

（2010年1月23日号）

体験的作詞作曲論2。——幸せになると、音楽ができない!?

細野　ずいぶん前に立川志の輔さんと話す機会があったんだ。彼が言うには、「落語のネタは、幸せなときには浮かばない。ひどい目に遭わないとネタはできないんだ」だって（笑）。

星野　なるほど（笑）。

細野　確かにそうだろうなと。そのとき、僕は、「**音楽は楽しいときにできますよ**」とつい返しちゃったんだ。まあ、辛いときは音楽どころじゃないじゃない？（笑）

星野　でも、一方では、幸せな人間にはロックは作れないみたいな言い方がよくされるじゃないですか。

細野　**ハングリー主義**ね。

星野　ええ。ダメにならないとロックなんか生まれない、みたいな。そういうのはちょっと違うような気がして。ただの自分のダメさへの言い訳だろうと。やっぱり、どんなときでもいいものができますよっていうのが一番かっこいいと思うんです。

細野　まあ、いろんなケースがあるからなあ。1950年代の音楽を例に挙げると、イージーリスニングなんかはほんとにハッピーな感じに聴こえるじゃない？

星野　そうですね。

細野　でも、それを演奏するミュージシャン自身の実生活は、本当にひどいものだったりするんだよね。

星野　そうなんですか。

細野　たとえば、僕がすごく好きなアコーディオン奏者に、ディック・コンティーノっていう人がいる。とってもハッピーな早弾きを披露する、思わずうっとりしちゃうような音楽なんだけど、彼を素材に、ジェイムズ・エルロイというノワール作家が小説を書いているんだ。エルロイは、『ブラック・ダリア』（06年）や『L.A.コンフィデンシャル』（97年）の映画化でも有名だよね。

星野　そのコンティーノのことを描いた小説は、一体どんな内容なんですか？

細野　「ディック・コンティーノ・ブルース」というその短編（文春文庫『ハリウッド・ノクターン』所収）は、フィクションでありながら、半分は実話を基にしているんだけど、そこには、コンティーノと暗黒社会とのつながりが詳しく記されている。

星野　なんだか興味深いですね。

細野　もうひとり、僕の好きなミュージシャンに、スペード・クーリーっていうウエスタンスウィングのバンドリーダーがいる。[*1] フィドル奏者の彼は、表面的には幸せな音楽を奏でているんだけど……。

星野　裏の顔があるんですか？

細野　そう。ギャングと仲よくなった彼は、**ドラッグやったり、女をひどい目に遭わせたり**、その手のエピソードには事欠かない。奥の部分はすごくドロドロしてるわけ。音楽の一面には、そんなこともあるんだよ。

星野　そうなんだ……。

細野　たとえば、みんなが集まってバンドで演奏すること自体はハッピーじゃない？

星野　ええ、そうですよね。

細野　リハとかも楽しいじゃない？　そして、リハが終わると、「じゃあね」って言って別れる。そのときは、ああ、いいミュージシャン仲間だなと思うじゃない？
星野　はい。
細野　でも、その彼らが別れた後にどんな生活を送っているかは知らない。きっと、たいへんなこともあるだろうと思うんだけど。
星野　そうですね。
細野　**悲喜こもごもの人生をいったん脇に置いて、私生活を引きずらずにその場面にピュアな気持ちで参加する。**それが音楽というものじゃないかなと思う。
星野　自分もそうありたいです！　今回も勉強になりました！

（2010年2月6日号）

＊1 フィドル……英米の民族音楽やカントリー&ウエスタン系音楽で使われるバイオリンのこと。

芸人と音楽家——オフに会うべきか、会わないべきか？

細野　この間、「ミュージシャンは音楽に私生活を引きずらないほうがいい」って話になったけど、サケロックもそうじゃない？

星野　正にそんな感じです。**プライベートで遊びに行ったりすることはまずなくて。**

細野　バンドってみんなそんな感じだよね。なんか、漫才師のオフに近い（笑）。

星野　でも、周りには、普段もメンバーと飲みに行くような人もいるんですよ。

細野　ああ、お酒が好きだとね。なんとなくつるむというか、そういう感じになりがち。

星野　自分のバンドはひとりひとりいい感じの距離があって。それは最初から意識的にそうしたかったんです。ベタベタするのが苦手で。でも、そのほうがいざ集まるとすごく楽しいんです。音楽作るときにもそのほうが却っていいんじゃないかなあ。

細野　うん。そのほうが本当の意味で仲がいいんだよ。そういうの、ありだなあ。

星野　そう。ケンカもしないですし。

細野　音楽って、漫才とか笑いと共通していることが多いと思うのね。**彼らは笑いを提供し、僕らはある種のいい気分を届ける**。いいニュアンスの幻想を与えていくというか。そんなクリエイティブな作業でしょ。

星野　あの、お笑いコンビって相方を敬称で呼び合うことが多いじゃないですか。

細野　もしくは、「キミ」とかね。

星野　ええ、ああいう感じが好きで。あと、自分より年下の芸人さんなのに、「さん」付けで呼んだりとか。そういう距離感って、物作りに必要なんだと思うんですよ。

細野　うん、なんか微妙で絶妙な関係だよね。時々、芸人さんたちのそういう裏話を聞くと、新鮮だよね。人間味が感じられて。

星野　ですよねえ。たとえば、爆笑問題のおふたりって、ずっと仲がいいじゃないですか。表では太田さんがいっつも田中さんの悪口を言ってる印象があるけど、楽屋ではふたりで仲よく雑誌とか読んでたりするって話を聞いたことがあって（笑）。

細野　ああ、**楽屋の姿こそ、本当の人間関係**なんだよね（笑）。

星野　楽屋では全然話さないタイプのほうが笑いにとっていいみたいに評価する風潮もあるじゃないですか。でも、そうでない場合もあるんだなと思って。

細野　次長課長が「互いのメールアドレスを知らない」って、テレビで言ってたよね。「毎日会うから、必要がない」って。最近、毎週観ているのが『さまぁ〜ず×さまぁ〜ず』（テレビ朝日系列）なんだけど、あれは面白い（笑）。

星野　面白いですよね（笑）。

細野　笑いの番組の中では一番だと思う。あれこそ、僕らみたいな話で満載だよね。

星野　大竹さんが話すことって、いっつも神経質なこだわりで、面白いですよね（笑）。

細野　変わった発想の人だよね、彼は。
星野　大好きです。あと、最近、『爆笑問題のニッポンの教養』（NHK、現在は『探検バクモン』にリニューアル）という番組が本当に大好きで、ふたりが大学教授とかを訪ねたりするんですけど。
細野　あの番組、ためになるよね。
星野　ディスカッションするじゃないですか。観てるこっちもたくさん考えちゃう。
細野　太田さんって人は、頭、使ってるよね。
星野　ドストエフスキーの小説を新訳した亀山郁夫さんと、ロシア料理屋でウォッカを飲みながら話す回があって。爆笑問題はふたりともお酒飲めないのに、無理矢理飲んで（笑）。太田さんがいつものようにツッコまないんですよ。お酒を飲むとなんか……。
細野　マイルドになるんだ（笑）。
星野　あれ、なんの話をしてたんでしたっけ。

（2010年2月20日号）

スタジオでは不安になりがち⁉
レコーディング中のホンネを公開。

星野　レコーディング中、ボーカルに関しては本番の前に仮歌を入れますよね。仮歌を歌ってブースからミキサーのところに戻ったとき、みんな静かだと落ち込みませんか？

細野　落ち込むよ（笑）。

星野　自分も、すごく落ち込むんですよ（笑）。

細野　うん。反応がないと、不安になるよね。ネガティブになる。

星野　ものすごいナーバスな気持ちになっちゃいます。

細野　（同情するように）わかるよ……。

星野　別に、歌がよくないからみんな黙っているんじゃなくて、ただ普通にしているだけらしいんですけど。

細野　気になるんだよ。レコーディングのときって、すごく意識が敏感だもんね。

星野　そうですね。

細野　知らない人がスタジオにいると、その人のために演奏しちゃう（笑）。

星野　**ちょっとノッてたりすると安心する**んですよね。特にスタジオのアシスタントが気になるんですよ。

細野　わかるなあ。

星野　でも、大体の場合、アシスタントっていうのは、こちらが選んだスタッフなわけじゃなく、たまたまそのスタジオに勤務している人なわけじゃないですか。

細野　つまり、知らない人なんだよね。

星野　もしそれまでの態度が悪くて気に入らないアシスタントだったとしても、ノリながら聴いてくれたりすると、許したくなる。急に「こいつー！」とか思っちゃって（笑）。

細野　スタジオにおけるミュージシャンの機微だね（笑）。

星野　楽しんでくれてるなあ、と。

細野　でも、気を使うような環境ではあまりレコーディングしたくないな。だから、知らない人はあまりスタジオに入れないようにしているんだよね。

星野　CDって、ほんと、出来の良し悪しが最後の最後までわからないじゃないですか。

細野　うん。

星野　ミックス後、マスタリング後、そして製品になって上がってきた後と、聴いた印象が全部違う気がする。それが不安で。

細野　そこを考えると、僕、ノイローゼになっちゃう（笑）。だから正直言えば、ミックスもやりたくないいんだけど。

星野　ええ、わかります（笑）。

細野　ミックスは、何度も何度も繰り返しちゃうんだよね。もう完璧に出来上がっているようなサウンドなのに、没頭している当人にはそれが見えなくなっている。

星野　はい。

細野　もし第三者として聴いたなら、全然OKなんだよ。ところが、自分では判断が下せない。だから、いったん間を置いてそのミックスを聴くとよかったりするんだ。

星野　ほんとにそうなんですよね……。

細野　ミックスのときって、マルチトラックのフェーダーをいじるじゃない？ギターやベース、ドラムといった各楽器の音量を上げ下げしてバランスを取るわけだよね。

星野　はい。

細野　ミュージシャン自身がそれをやると、**自分のパートだけ音を上げちゃうの。**バンドの場合は特にね。まあ、ＹＭＯのときもそうだったんだけど（笑）。

星野　気持ちはわかります。

細野　そのことで、一度はきれいに揃ったバランスが崩れて、ミキシングの作業が際限なくぐるぐる繰り返されていくことになる。

星野　難しいところですよね。

細野　だから、あんまり理想を追い求めてもダメなんだと。「ここでやめ！」っていうタイミングがあるんだよ。

（２０１０年６月26日号）

自然に楽曲が生まれるのは家の中のこだわりの場所。

細野　星野くんは、この間のソロアルバム『ばかのうた』（10年）を作るにあたって、今までの曲作りからなにか変化はあったの？

星野　これまでは、なんか自分に事件が起こって、それを処理しなくちゃいけないという切実なときに、歌詞のある曲がポッと生まれることが多かったんです。

細野　なるほど。

星野　インストで作る曲はそれとは違って、ポンと生まれやすかったんですが、今回みたいに歌のアルバムとなるとそうはいかない。自分で一から歌を量産する作業を、初めて経験しましたね。

細野　どうだった？

星野　最初はすごく難しかったんですけど、「キッチン」という曲が出来てから、なんとなく歌の作り方を掴んで……。実は、**大半の曲は台所で作ったん**ですよ。家の中でどの場所が一番曲を作りやすいのかと考えて、部屋中を移動していたんです。

細野　面白いことするね（笑）。

星野　音がちょうどよく響くのが、なぜか、台所だったんです。すごく作りやすかった。

細野　キッチンで作ったから、キッチンの歌になったわけ？

星野　「キッチン」はずばりその通りなんですけど、それ以外も、キッチン周りというか、なんだかんだ食べ物に関する曲が多くなったんですね。たとえば茶碗の歌とか。

細野　それは面白いね。

星野　細野さんも、ご自分の家の中で曲を作ることってありますよね？

細野　もちろんあるよ。昔から、**僕の曲作りにはソファーが必要**なんだよ。

星野　へえ。

細野　椅子じゃダメ、ソファー。クラウンに所属していた時代に、そのことを知っている人がスタジオにソファーを入れたらと提案したから、実際そうしたの。そうしたら、ほんとにリラックスできたね。それ以来、いまだにずっとソファーで曲を作ってるんだ。星野くんのソロアルバムに提供した「ただいま」も、ソファーで作ったよ。

星野　ありがとうございます。

細野　だから、**僕の座る定位置だけが凹んでる**んだよ。座りすぎちゃって（笑）。

星野　ソファー以外にも、曲が生まれやすい場所はありますか？

細野　お風呂場かな。バスタブにボーッと浸かっているときに、ふわーっと浮かんでくる。そういうことってない？

星野　確かにありますね。

細野　なんか、レコードを聴いているような感じで出来上がった楽曲が頭に流れる。そういうときは、「あ、これはいけない！」と思って、ザバーッと風呂場から出て、すぐパソコンにメモするんだよ。だから、夢と似ている。夢を見て、忘れないうちにその中身を記憶しておくことってあるじゃない？　でも、実際の夢と記録はどこか違う。それと一緒で、浮かんだ音楽とメモにも違いがあるんだ。

星野　自分も、浮かんだ歌詞はずっとパソコンにメモしてたんですけど、最近、普通のノートのほうが自分に合っていることに気づきまして。

細野 自動書記みたいなもんだね。手が勝手に動くわけだ。

星野 そっちのほうが、後々見て、なんでこんなこと書いたんだろうってわからない歌詞が多いんですよ。それが好きなんです。

細野 そのほうがいいかもね。パソコンで入力するときは、整理しちゃうからね。最近、僕はiPhoneのボイスメモを使うんだ。

星野 便利ですね。小さいテープレコーダーに向かって歌いながら、歩いて帰ったりします。ちょっと恥ずかしいんですけど（笑）。

細野 「ツイン・ピークス」みたいだね。

（2010年9月18日号）

バンドに下積みは必要か？ 振り返れば、よき体験の数々。

星野　YMO[*1]の北米公演、大盛況だったようですね。おめでとうございます。

細野　ありがとう。おかげさまでね。今は時差ボケに悩まされているけど（笑）。

星野　ところで、久々の相談なんですけど（笑）、下積みって必要だと思いますか？　自分にも下積みの苦しい時期はもちろんあるんですけど、なんだか順風満帆に行ってると思われてるみたいで。細野さんは、下積み経験はありましたか？

細野　う〜ん。下積みって言っていいのかどうかはわからないけれど、エイプリル・フール[*2]の頃に、八丈島のディスコに1カ月ぐらい〝ハコバン〟で出たことがあるよ。あの時代は、今みたいに演奏する場がなかったこともあってね。僕らは、あんな経験がある最後の世代かもしれない。

星野　毎晩同じディスコで、自分たち目当てじゃない人の前で演奏するわけですよね。

細野　うん。鍛えられるよ（笑）。エイプリル・フールは、よく花園神社近くの「パニック」ってディスコにも出てたんだよ。そこはね、時々、本牧の不良が殴り込みに来るところでさ。僕たちミュージシャンは軟弱だから、**店の人に「隠れてろ！」とか言われて**（笑）。

星野　隠れたんですか（笑）。

細野　隠れたの（笑）。そうしたら、すごい騒ぎになっててね。本牧の連中は自転車のチェーンをぶるんぶるん振り回しながら、新宿の不良相手にケンカをしかけに来てて。

星野　えー!?

細野　一方、新宿の連中はね、牽制のために、ビール瓶をバーンって割って……。

星野　おおっ。

細野　なんだか**日活アクション映画みたい**なの。でも、大事には至らないんだけどね。血が飛んだりまではしないから（笑）。

星野　そこまではいかないんですね。

細野　いかない。……でも、怖かったなあ。

星野　ところで、「パニック」では、どんな曲を演奏してたんですか？

細野　オリジナルじゃなくて、コピーばっかりだよ。ドアーズ、アイアン・バタフライ、バニラ・ファッジ、レッド・ツェッペリンあたりかな。当時、アートロックと呼ばれていた音楽が中心だった。

星野　アートロック……ですか？

細野　それは和製英語でね。これまでの踊るためのロックではなくてさ、サイケデリック以降、各々、座ったり、瞑想したりしながら聴くロックが出て来たんだけど、それらを広めるために、当時、東芝ＥＭＩの石坂[*3]（敬一）さんたちが考えた言葉なんだ。

星野　勉強になります！

細野　はっぴいえんどは、そんな流れから出来たバンドなんだ。エイプリル・フールはまだ踊らせるロックを引きずってたから。

星野　はっぴいえんどの頃はないですか？

細野　うん。〝営業〟はなくなった。……いや、１回だけあった。渋谷の西武（百貨店）の屋上でね、『11ＰＭ』（日本テレビ系列）でカバーガールをやっていた若林美宏（みひろ）さんの、セミ・ヌードのダンスのバックをやらされたんだよ。

星野　へえー！　あ、ストリップのバックなら、自分も1回だけあります。渋谷の「青い部屋」で。
細野　ああ、老舗だよね。
星野　ええ。戸川昌子さんのお店で。不思議なイベントがすごく多かったんですよ。当時は、ちょっとなんだかなと思いながら演奏していたんですけど（笑）、今、振り返ると……。
細野　いい体験だったと思うよ。僕も、やっていたときは嫌だったけど（笑）。
星野　はい。すごく貴重な体験だったですね。

（2011年7月23日号）

＊1 YMOの北米公演……2011年6月、YMOがロサンゼルスとサンフランシスコにて31年ぶりの北米公演を敢行。ライブの模様はDVD『Yellow Magic Orchestra Live in San Francisco 2011』（12年）に収録。
＊2 エイプリル・フール……1969年に活動したバンド。メンバーは小坂忠、細野晴臣、菊池英二、柳田博義、松本零（後の松本隆）。
＊3 石坂敬一……東芝EMI、日本ポリグラム、ユニバーサルミュージックで数々の実績を残した音楽ディレクター、経営者。2014年ワーナーミュージック・ジャパン名誉会長に就任。EMI時代、ビートルズやピンク・フロイド、原田知世らを手がけた。

ジャケットやビデオクリップなど音楽周辺の創作の楽しみとは？

星野　ＣＤのジャケットやデザインコンセプト考えたりするの、すごく好きなんですよ。細野さんって、音楽にまつわる音楽以外のクリエイティブな作業って好きですか？

細野　ものすごく好きだね。

星野　ＰＶなんかも、ご自分でアイデアを出されたりしてましたもんね。

細野　うん、そういうの、ものすごくやりたいんだよ。ただ、気持ちのエネルギーは星野くん同様に強いんだけど体が動かない（笑）。

星野　時間もなかったりしますもんね。

細野　言うことは言うの、全部。思いついたら「やるよ」とか、すぐ言うね。

星野　口はどんどん動いちゃう（笑）。

細野　でも、いざその場になると体が動かないから（笑）。出来ることは、せいぜい全体の3割3分3厘ぐらい。実は、YMOの初期は、音楽自体は他のふたりに任せて、**僕はその周りを固めてたんだ。**グラフィックとか、コピーライティングとかね。

星野　そうだったんですね。

細野　最初の2、3枚はそうだった。『BGM』までかな。その後は燃え尽きたんだよね。

星野　プロデューサーとして関わっているという感じだったわけですか。

細野　うん。バンドメンバーというよりは、プロデューサーという気持ちが強かった。実際、責任も背負ってたしね。

星野　さらに遡ってお聞きすると、はっぴいえんどの頃から、そういう音楽の周囲を固める作業はお好きだったんですか？

細野　好きだったね。ただ、はっぴいえんどに関しては**松本（隆）くんのビジョンが強かった**から彼に預けたけど。『風街ろまん』（71年）とか、世界が出来上がってたから。

星野　なるほど。

細野　一方、YMOの頃の僕は、原宿のセントラルアパートに出入りしててね。

星野　セントラルアパートというのは？

細野　明治通りと表参道の交差点——何年か前までGAP[*1]があった場所だね——に建っていた伝説的なアパートなんだ。そこには、カメラマンやデザイナー、コピーライターとか、いろんな人が事務所を構えていたの。

星野　うわ……面白そうな場所ですね。

細野　一緒に『BGM』のジャケットを作った奥村（靫正）くんっていうデザイナーがいたし、『ソリッド・ステイト・サヴァイヴァー』（79年）のジャケットを撮影したカメラマンの鋤田正義さんもいた。糸井（重里）さんもいたし、さらに近所にはプロデューサーの秋山道男さんという才人がいて……。とにかく、そこに行けばなにか出来るという（笑）。

星野　すごいなあ……。

細野　そういう環境でいろいろ作ってたね。まあ、また世代が交代して星野くんたちには違う環境でそういう場があるんだろうけど。

星野　いや、今はそこに行けば面白いことがあるという場所がないんですよ。どっちかというと、ひとつひとつの仕事を通して面白い人を探すみたいな感じですね。

細野　そうか、今はそうだよね。
星野　だから、あんまり世代としての盛り上がりみたいなのはないんですよね。でも、自分も音楽の周りのことに関して自分自身でいろいろやるのがすごく楽しくって。
細野　わかる。
星野　そんな風に音楽以外のことに力を注いでいると、「もっと音楽をちゃんとやりなよ」って言われたりしませんでした？
細野　僕の場合はなかったなあ。むしろ、もっと音楽以外のことをやれって言われたよ。
星野　うーん、素晴らしい。ものすごく大事なことだと思うんですよね。
細野　今、星野くんはちょうどいい感じに気持ちと体のバランスが取れてる。働き盛りなんだから、いろんなことをやるべきだよ。
星野　ありがとうございます！

（2011年11月26日号）

＊1　GAPがあった場所……GAPが入っていた「ティーズ原宿」は2010年に解体。2012年、世界一の朝食「bills」もテナントに入った商業施設「東急プラザ表参道原宿」が開業。

大物海外アーティストの前座を務める際の重圧とは？

細野　この夏（2012年）、星野くんはビーチ・ボーイズ来日公演の前座を務めたわけだけど、ステージではどんな気分だった？

星野　**いかに堂々と楽しむか**、ということがテーマだったんです。

細野　どういう意味？

星野　自分がいくらビーチ・ボーイズのことを好きだといっても、音楽そのものにわかりやすい影響が表れているわけじゃない。だから、ところどころで、なんで星野源が前座なんだって言われるわけですよ。

細野　言われてたの？

星野　ええ。この記念すべき大事なライブになぜ星野源が？　関係ないだろ。コネか？　なんてね。悲しい話です。

細野　はいはい。コアなファンって、そういうことを言うものなんだよね。

星野　ある先輩ミュージシャンに会ったときは、面と向かって、「**なんで星野くんなの？　ずるい！**」と言われました（笑）。

細野　ほんとに好きだってことだね。しかし、なんでまた星野くんが前座だったわけ？

星野　ビーチ・ボーイズ公演を仕切ってる主催者さんが僕のライブをたまたまフェスで観て気に入ってくれて、急遽呼ばれたんですよ。とっても健全な理由だったんです。

細野　そういう経緯があったんだ。

星野　でも、事前にさっきみたいな声を知ってしまうと、客席にそう思いながら観ている人がいるんじゃないかとか、ふと考えちゃうんですよね。

細野　会場はスタジアム（QVCマリンフィールド）だから、人数も多いもんね。

星野　はい。怖くって。だから、なるべく普段通りやろうと。でも、いつものライブではMCでくだらないことをたくさん言ってから演奏を始めるんですけど、普段なら返ってくる反応が、あの日は全然聴こえてこなかった。とにかく、シーンとしてるんですよ。

細野　それはきついね。

星野　もういいやって。単純にこのでかい会場で演奏することを純粋に楽しもうと心に決めてやりました。楽しかったですよ。

細野　その感覚は、ステージに上がって経験した当事者にしかわからないよね。

星野　細野さんも経験したんですか？

細野　1986年、僕はF.O.E[*1]というバンドとして**ジェームス・ブラウンの武道館公演の前座**を務めたことがあるんだよ。

星野　はい。JBの「セックス・マシーン」をカバーしたことが縁になったわけですよね。そのとき、野次とかはありました？

細野　すげえ怖かった。ビーチ・ボーイズのファンはソフトだからまだいいよ（笑）。

星野　どれだけハードなんですか？（笑）

細野　辛かったよ。いろんなものが飛んできたよ。たとえば、**座布団とかさ**。

星野　演奏中にですか？

細野　そう。罵倒の嵐だったね。そうなることは想像してたから出演するのは嫌だって言ったのに、結局その通りになった。

星野　演奏をやめたくなりませんでした？
細野　もちろん。それが終わった後、バンドも解散したし、事務所も辞めたもん。もう、嫌だ、違うことしようと。
星野　そこまでひどい目に遭うと、そう思いつめても不思議じゃないですよね。
細野　うん。でも、今考えれば、いろいろといいきっかけになったのかなと思うよ。
星野　自分にとっても、今回のビーチ・ボーイズの前座はいい経験になりました。もうこの機会は二度と訪れないだろうし、とにかく、出られてよかったと思っています。
細野　僕の場合は座布団だけど、星野くんにはいい思い出もたくさん残ったわけでしょ。よかったよかった（笑）。

（２０１２年11月24日号）

＊１　F.O.E（フレンズ・オブ・アース）……細野晴臣、元Interiorsの野中英紀を中心に結成。メンバーは流動的で、西村麻聡、コシミハル、サンディーなどが参加。

映画監督・園子温の強烈な個性について語る。

細野　そういえば、こないだ、星野くんが主演する映画の主題歌を歌ったよ。
星野　はい！　6月に公開される『箱入り息子の恋』（13年）ですね。
細野　なんで星野くんじゃないのかと聞いたら、出てる人は歌っちゃいけないらしい。
星野　はい。監督が、そういうポリシーらしくて（笑）。
細野　だから、音楽を担当する高田漣くんに頼まれて、漣くんと「キセル」のお兄さん（辻村豪文）と僕の3人で歌うことになったんだよね。
星野　ありがとうございます。その後、9月に公開される『地獄でなぜ悪い』（13年）という映画にも出演していて。
細野　面白そう。しかし、すごいインパクトのあるタイトルだなあ。
星野　園子温監督の次の作品なんです。**すっごい面白いですよ**。去年、すでに撮影は終了してるんですけどね。
細野　楽しみだな。
星野　園子温監督の映画って、ご覧になったことあります？
細野　ある。すごいよね。
星野　『冷たい熱帯魚』（10年）とか？
細野　うん。ずいぶん昔だけど、彼がまだ自主映画を作ってた頃に、コメントを求められたことがあるよ。相当息の長い人だよね。
星野　今、51歳になるのかな。こないだ、飲み会に誘ってもらったんですが、やっぱりその場でも監督はすごくって。
細野　どうすごいの？
星野　スケベの話をしているかと思ったら、次の瞬間には、「新約聖書はさ、こんなに〇〇なんだよ！」とか、キリストの話を面白く語ってみんなを笑わせてみたり。
細野　昔、新宿辺りにいたタイプだね。
星野　帰りは、「星野くんも一緒に乗ろう！」って、車に乗せてくれたんですが、車内では、爆音でＲＣの「ラブ・ミー・テンダー」をかけるんですよ。

細野　へえ。

星野　それがもう、本当に大音量で。それを聴きながら「**清志郎ー!!**」って叫ぶんですよ。

細野　熱いねえ。

星野　で、その後は、キング・クリムゾンをこれまた爆音でかけたり。すごく楽しかったです。

細野　すごいエネルギーだね。敵わないや。やっぱり、そういう人じゃないと映画は撮れないんだろうね。

星野　そうかもしれませんね。

細野　その映画、どんなストーリーなの?

星野　國村(隼)さん扮するヤクザの親分が、とある理由から映画を撮影することになって。そこに、親分の奥さんの友近さん、その娘でかつて子役女優だった二階堂(ふみ)さん、映画監督の長谷川(博己)さん、そして、國村さんと対立するヤクザの親分を演じる堤(真一)さんがからんで……。

細野　あれっ、肝心の星野くんは?

星野　僕は、映画監督に間違われる男を演じます。騒動に巻き込まれて、**血だ**

らけになるんですけど。

細野　そりゃたいへんだ。

星野　その撮影の合間に、ミュージシャンとしてレコーディングも進めていたのでたいへんなスケジュールでしたけど、この映画の現場は、毎日本当に楽しかったですね。興奮しっぱなしでした。

細野　映画はどのぐらいの長さになるの。

星野　この間、ちゃんとつないだら2時間45分になったって言ってました。

細野　長いねえ。

星野　最終的にどのぐらいの尺になるかはまだわからないんですけどね。

細野　公開が楽しみだよ。

（2013年3月16日号）

お互いのニューアルバムへの思いを語り合う。

細野　星野くんは今回のレコーディングで大事件（クモ膜下出血）が起こったじゃない？　どうしてもそのストーリーを思いながら聴いてしまうよね。

星野　そうなんです。

細野　しかも星野くんの音楽ってメロディックでしょう。余計キュンとしちゃう。僕の場合、前回のアルバム『HoSoNoVa』（11年）のレコーディングが震災を挟んでその前後というのがあって。それに対して、星野くんの『Stranger』（13年）は個人的な震災とその前後がある。そんな感じがするんだな。

星野　確かにそうですね。

細野　それで、ニューシングルのタイトルが「ギャグ」って言われちゃうと（笑）。**なんかもう、ホロッとしちゃう**よね。

星野　「ギャグ」は〝後〟に作ったんです。アルバムがどうしてもドラマティックになってしまうから、ちょっと抜けたいなって。
細野　それは必要だよね。
星野「ギャグ」って、自分のなかでは真面目な香りのするものなんですけどね。「笑い」＝「真剣にやらなければならないもの」っていうイメージがあって。まじめな気持ちを歌いつつ、ジャケットはバカバカしいみたいな感じがいいなって。面白いジャケになりました（笑）。細野さんのニューアルバム、『Heavenly Music』（13年）は何かタイトルの由来はあるんですか。
細野　普段は地獄にいるような気分なので、音楽だけでもヘブンリーで（笑）。
星野　この世は地獄だと（笑）。
細野　そう、この世には天国もあるし普通の生活もある。でも地獄もあるなと。
星野　**地獄は死んでから行くところではない**ですよね。
細野　今、目の前にある（笑）。
星野　俺、今回倒れて初めて実感したんです。手術の前ってもしかしたら死ぬかもしれない恐怖があるじゃないですか。でもそれよりも、手術が成功して「これから生きる」ってことのほうが辛かったんです。
細野　わかる。すごくわかる。

星野　段違いに辛かった。生きるほうが辛いんだなって。だからそれはもう、地獄なんじゃないかって。つまり、生きること自体が地獄だなって。そこに実体験として気づかされました。だから逆に言うと、地獄から抜け出ようとか、抗（あらが）うとか、そういうのでもなく、「既に地獄が側にいる」っていう。

細野　地獄はそこにあるんだよ。それが地獄だと思うこともあるし、天国だと思うこともある。日によって違うんだな。

星野　フラれたときは地獄ですしね。

細野　そうね。モテてるときはどうなの？

星野　**もちろん天国**です。

細野　ま、そんなもんだよね（笑）。

星野　はい（笑）。『HoSoNoVa』は川勝（正幸）さん発信のタイトルだったじゃないですか。

細野　そう。川勝くんが考えてくれた。細野とボサノヴァをかけて『HoSoNoVa』だと。

星野　川勝さんはいま天国にいるから、今回はそれもあっての「ヘブンリー」なのかなともちょっと思ったんですけど。

細野　確かに。川勝くんに捧げてるようなものかもしれないな。うん。
星野　自分は、川勝さんには『働く男』（マガジンハウス）という本を捧げたつもりです。今回のアルバムの1曲目にある「化物」という曲も、亡くなった（中村）勘三郎さんの曲なんです。
細野　なるほどね。
星野　以前、勘三郎さんはこんなことを話してくれたんです。「拍手喝采をもらってすごく幸せな気分になるけれど、家に帰って風呂場で髪の毛を洗ってると、**ホントにひとりぼっちになるんだよ**」って。あれだけ望まれる人ではあったけれど、同じぐらい孤独でもあった。孤独を抱えながらもお化粧して化けて舞台に出る。それがカッコいいし、それを歌にしたいなって。
細野　そういう背景があったんだね。
星野　で、その「化物」の歌入れが終わった瞬間に倒れたんです。
細野　そうだったんだ。
星野　手術して入院して。やっと音楽が聴けるようになって「化物」を聴いたら、勘三郎さんを想って書いた曲だったのに、結局**自分の歌みたいに聴こえた**んです。

細野　世間も「星野源自身」を歌った曲だと思うだろうしね。

星野　そうなんです。でもそれは、勘三郎さんが「源ちゃんの歌にしてあげるよ」って言ってくれたようにも思えて。勘三郎さんが、連れてってくれて、自分をちょっとだけ大人にして帰してくれたのかなって。そんな感じがしてるんです。

細野　さっき風呂に入りながら、「これからライブか」ってつぶやいちゃった（笑）。今月ライブがあるなとふと思い出してね。

星野　風呂場ってなぜかつぶやきますよね（笑）。原稿の直しとかがあると、「……直しか」って。

細野　個人的ツイッターね。

星野　誰にも伝わらないツイッターです。

細野　確認だよね。電車の運転手と同じ。

星野　右よし、左よし（笑）。

細野　あれだね、勘三郎さんもそうだけど、きっと、みんな風呂場で思うんだろうね。ふとね。

星野　なんなんですかね。シャワーに打たれながら「うわぁぁぁ！」ってつい叫んじゃったりしますし。

細野　そうそうそう。風呂に入ると思い出したくないことが突然脳裏に蘇るんだよ。

星野　「ダ〜メだって‼」とか（笑）。

細野　言うよねー（笑）。そういえば、服のまんま風呂に入ったこともあるな。

星野　え、俺もです！　なんで服のまま入ったんですか？

細野　いや、全然わかんない。ていうか、理由なんて一切ない。服のまま風呂に入る理由なんてなにもない（笑）。

星野　何故か、とってもよくわかります（笑）。

（2013年6月8日号）

アルバムを作るという行為は
セックスに似ている。

細野　アルバムを作るという行為は、**セックスみたいなもの**だと思うんだよ。その結果、子ども、つまり作品が生まれるじゃない？

星野　……そうですね。すなわち、音楽とのセックスってことですよね。

細野　だから、どこが一番快感かっていうと、やっぱりレコーディングの最中。

星野　確かに。

細野　いろんな想像しながらわくわくしてさ。だから、エッチなことなんだよ。

星野　アハハハハ！

細野　毎回そう思うんだよね。

星野　録音中は夢中になって果てしなく作業を続けてしまうし。

細野　そうそう、脇目も振らずにね。

星野　面白いなあ。

細野　**ずっと欲情し続けてる。**
星野　とすると、出産はどの段階に当たるんでしょうか。ミックスあたり？
細野　そう！　まさにミックスが出産だよ。ちなみに僕は、気に入ったミックスが完成すると、その場で踊るんだよ。
星野　踊っちゃうんですか？（笑）
細野　もう踊らずにはいられない。「この踊り面白い！」と思って、iPhoneで自分を撮ったの。そしたら、案の定すごく面白くって、このままYouTubeに上げてもいいかと思ったんだけど、寝ないで作業してたから、もう見た目がドロッドロ。あまりにも汚いんで、**ちゃんとした格好で撮り直した**（笑）。
星野　それが、今年のエイプリル・フールにウェブで公開した動画だったんですね！
細野　そう（笑）。つまり、あれのもっと汚いバージョンが存在するわけ。
星野　でも改めて思い返すと、よい曲ができたときは自分も踊ってますね。自分の曲を流しながら、ひとりで。
細野　似てるねえ！　喜びのあまり自然に踊り出すわけだから、僕の場合、どんな曲が出来ても同じ振付なんだけど（笑）。

星野　うれしさの舞いなんですね。

細野　沖縄の人みたいだよね。ただし、それが終わっちゃうと、今度は生まれた子どもをひとりひとり育てなくちゃならない。

星野　出産してからがたいへんですよね。

細野　そして、マスタリングを終えたところが、子育ての終わりってことかな。

星野　いい喩(たと)えですね。

細野　ニホンザルとかチンパンジーの場合、3、4歳までは子どもの面倒を見るそうだけど、人間の場合はもっと長いじゃない？

星野　ということは、マスタリングは、人間の成長でいえば20歳ちょっとぐらい？

細野　そうそう。成人を迎えて就職したあたり。あとは自分でやってねっていう。話を戻すと、レコーディングに入る前が、恋愛の段階ってことになるね。

星野　その点、今回の『Stranger』（13年）というアルバムは、**片想いから始ま**

ってる感じなんですよ。

細野　それはかなりロマンチックだ。

星野　「自分の殻を破って、変わりたい！」っていう気持ちがあったので、相手を無理矢理抱き寄せた、略奪婚みたいな感じ（笑）。

細野　なるほど。そう考えると、僕の場合、『Heavenly Music』（13年）はカバーアルバムだから、外国人に惚れちゃったようなもんだね。

星野　上手い！（笑）

細野　といいながらも、音楽は、決して女性には置き換えられないよね。モテたいという理由から音楽をやってる人もいるみたいだけど。それは、やっぱり順番が逆。

星野　ホント、そうですね。でも、細野さんの音楽と出会うまでは、音楽やればモテるんじゃないかと思っていましたよ。

細野　そうだったんだ（笑）。

星野　間違いでした（笑）。モテるかどうかは、やっぱりその人の人間的な魅力次第ですよね。

（２０１３年７月６日号）

あとがき

細野晴臣

星野くんとは親子ほどの齢の差がある。だから僕は星野くんを通して「最近の若者は……」という視点を持って然るべきだが、そうはならなかった。だって、最近の若者が僕の音楽を知ってる筈がないもの。でも星野くんは知っていて、で、僕に相談をもちかけてきた。

星野くんが僕に相談するという体で、『TV Bros.』の連載が始まった。それから8年ほど経った今、星野くんは大人になり、僕は前期高齢者になった。ありそうであり得ない二人の取り合わせが、この連載を長続きさせたのかもしれない。

長く生きていれば、相談のひとつやふたつは乗れるが、星野くんの相談は延々と続いた。それはもはや相談ではなくなり、問いかけになっていった。その中で星野くんの言った言葉が今回のテーマになっていることに気がついたのだ。それは「今、軸は、年代じゃなくてそれぞれの個人にあると思う……」という件だ。それこの相談も、若者とオッサンの対話ではなく、個人と個人のお喋りなのである。それも日々生きていく生活の話だったり、それぞれ固有の身体感覚であったり……そういう普段は人に話さないことの確認だったりする。

人と人の違いは、今の世の中で様々な軋轢を生んでいるけど、逆に、同じだということを共有する喜びがここにはある。星野くんと僕はかなり違う人間だけど、だからこそ同じ感覚を見つけるのは楽しいのだ。そこで感じるのは、人間という生命体の哀しくも可笑しい性癖なのかもしれない。異なる二人の個性の奥にはそういう生命活動がある、ということだ。その活動の本質には可笑しさがある。人間の不思議な特長がその可笑しさであり、それが二人の会話から漏れ出て来る。得てして、真剣な相談より日常のヨタ話に人生の味わいがあるものだ。

こうして、二人の職業である音楽家という側面が、ほぼ影を潜めて行くことも面白い現象だ。とはいえ、お互いに音楽家である事は大事なことである。何故ならこの本で話していることは、大体が音楽脳で語られているからだ。蓄積された知識を引用することはあるが、その引き出しを開けるきっかけは反射神経だし、音楽でいえば「セッション」に似ている。

さて、このセッションはまだ当分続くのだろうか……。もし続くとすれば、星野くんという若い音楽家の成長過程を記録するという、かつてない試みになるだろう。

『TV Bros.』2007年9月1日号〜
2013年3月27日号掲載分に加筆し、再構成しました。

構成　川勝正幸＋下井草秀（文化デリック）
辛島いづみ（P320〜325）

ブックデザイン・イラストレーション　大原大次郎

カバー・口絵（P2〜4）撮影　磯部昭子
スタイリング　中兼英朗（S-14）
ヘア&メイク　迫田徹（CALM）
衣装協力　OR GLORY（☎03-3423-9368）
グローブスペックス エージェント（☎03-5459-8326）

口絵写真（P1）　梅原渉
ヘア&メイク　高村義彦（SOLO.FULLAHEAD.INC）

編集協力　谷本智美
大人計画
土館弘英（TV Bros.編集部）

Special Thanks　ヤギヤスオ

細野晴臣（ほそのはるおみ）

1947年、東京都生まれ。音楽家。69年、「エイプリル・フール」のベーシストとしてプロデビュー。70年、大瀧詠一、松本隆、鈴木茂と「はっぴいえんど」を結成。73年、鈴木茂、林立夫、松任谷正隆と「キャラメル・ママ」（のちに「ティン・パン・アレー」と改名）を結成し、並行してソロ活動を始める。本書カバーのモチーフとなったソロアルバム『泰安洋行』（76年）は、『トロピカル・ダンディー』（75年）、『はらいそ』（78年）と「トロピカル三部作」と呼ばれた。78年、坂本龍一、高橋幸宏とともにイエロー・マジック・オーケストラ(YMO)を結成。YMO散開後は、ワールドミュージックやアンビエント・ミュージックを探求。近年は、作曲やプロデュース、映画音楽の提供などをしながら、ソロアルバムの制作、多くのアーティストとのユニット結成、ライブ活動など多岐にわたり活動。2008年芸術選奨文部科学大臣賞受賞。13年、アルバム『Heavenly Music』をリリース。

http://hosonoharuomi.jp/

星野源（ほしのげん）

1981年埼玉県生まれ。音楽家・俳優・文筆家。学生の頃より音楽活動と演劇活動を行う。2000年にインストバンドSAKEROCKを結成。03年に舞台『ニンゲン御破産』(作・演出：松尾スズキ)への参加をきっかけに大人計画に所属。10年、『ばかのうた』でソロデビュー。15年発売の4thアルバム『YELLOW DANCER』はオリコンアルバムチャート1位を記録。16年にはTBS系火曜ドラマ「逃げるは恥だが役に立つ」の主題歌の『恋』がオリコンシングルチャート2位、配信チャートで連続1位の記録を更新する等、大ヒットとなり、NHK「紅白歌合戦」に2年連続出場を果たす。俳優として、12年に『テキサス ―TEXAS―』で舞台初主演。13年は初主演映画『箱入り息子の恋』、映画『地獄でなぜ悪い』等に出演し、第37回日本アカデミー賞新人俳優賞などの映画賞を多数受賞。16年にはNHK大河ドラマ「真田丸」、「逃げるは恥だが役に立つ」に出演。著書に『そして生活はつづく』『働く男』（共に文春文庫)、『蘇える変態』『星野源雑談集１』（共にマガジンハウス）がある。現在『ダ・ヴィンチ』にてエッセイ「いのちの車窓から」連載中。

http://www.hoshinogen.com/

2015年3月30日　第1刷
2025年6月10日　第8刷

著者　細野晴臣　星野源

発行者　小田慶郎
発行所　株式会社　文藝春秋
〒102-8008　東京都千代田区紀尾井町3-23
電話03-3265-1211
印刷　萩原印刷
製本　加藤製本

ISBN978-4-16-390236-4　Printed in Japan

文春文庫　星野源の本

『そして生活はつづく』

携帯電話の料金を払い忘れても、部屋が荒れ放題でも、人付き合いが苦手でも、誰にでも朝日は昇り、何があっても生活はつづいていく。ならば、そんな素晴らしくない日常を、つまらない生活をおもしろがろう！　音楽家で俳優の星野源、初めてのエッセイ集。俳優・きたろうとの文庫版特別対談「く…そして生活はつづく」も収録。

『働く男』

音楽家、俳優、文筆家とさまざまな顔を持つ星野源が、過剰に働いていた時期の自らの仕事を解説した一冊。映画連載エッセイ、自作曲解説、手書きコード付き歌詞、出演作の裏側ほか、「ものづくり＝仕事」への想いをぶちまける。文庫化にあたり、書き下ろしのまえがき、ピース又吉直樹との「働く男」同士対談を特別収録。